Klaus Blumberg

Kesselbach

Erzählung

Herstellung und Verlag: BoD – Books on Demand, Norderstedt

Bibliografische Information der Deutschen Nationalbibliothek
Die Deutsche Nationalbibliothek verzeichnet diese Publikation in
der Deutschen Nationalbibliografie; detaillierte bibliografische
Daten sind im Internet über http://dnb.d-nb.de abrufbar.

ISBN: 9783748151135

Ich widme diese Erzählung Lene Marie, Isabella, Jannes Paul und Michel Karl.

Lektorat:
Vielen Dank an Martin Schröder

In Erinnerung an einen alten Freund
1952 – 2016

1

Ich hatte nicht mit einem Anruf gerechnet. Zuerst glaubte ich, mit ihm selbst, mit Gerhard, verbunden zu sein, weil die Stimme seines Bruders so identisch klang, zum Verwechseln ähnlich, und ich eröffnete das Gespräch sogleich mit einem Lachen, das meine Freude ausdrückte, endlich mal wieder von meinem alten Freund aus Jugendtagen zu hören.

Die Stimme am anderen Ende der Leitung bat um Entschuldigung. Er sei nicht der besagte Freund, sondern sein Bruder. Gerhard selbst könne nicht mehr anrufen, er sei verstorben, bereits im Juli dieses Jahres. Aber – und das täte ihm leid – erst jetzt sei man dazu gekommen, innerhalb der Familie den Nachlass zu sichten und dabei habe man meine Adresse gefunden, und er selbst, der jüngere Bruder, könne sich auch noch ganz dunkel an mich erinnern. Schade, dass man sich aus diesem traurigen Anlass nun wieder einmal höre.

Ich fragte zwischendurch, nachdem ich ihm mein Beileid ausgesprochen hatte, was denn im Einzelnen geschehen sei und er erzählte mir mit einem Räuspern in der Stimme die ganze, traurige Geschichte.

Man habe Gerhard – obwohl er in Süddeutschland lebte – in Ratzeburg, auf einer Bank sitzend, gefunden. Genauer, auf einer Bank unterhalb des Königsdamms an der Bundestraße 208, die von Bad Oldesloe nach Gadebusch führt, mit Blick über den See, zum Dom hin. Einem anderen Spaziergänger sei dieser leblose Mann aufgefallen, und er habe sofort die Polizei bzw. den Rettungswagen verständigt, obwohl – das war zu sehen – offensichtlich jede Hilfe zu spät kam. Zum Glück hatte der Unglückselige Ausweispapiere bei sich, und so konnte die Familie in kürzester Zeit informiert werden. Merkwürdig sei gewesen, dass Gerhard über 150 Euro Bargeld in der Tasche hatte. Das entsprach sonst nicht seinem Naturell. Er sei meist eher klamm gewesen.

Ohje, bemerkte ich, ohne seinen Redestrom zu unterbrechen, hörte aber nicht mehr aufmerksam zu. Ich war erschüttert, dass er nicht einmal drei Kilometer von meinem Zuhause entfernt gefunden worden war. Seinem Bruder war das nicht aufgefallen, weil er mich über meine Handynummer erreicht hatte. Mir wurde sofort klar, dass Gerhard auf dem Weg zu mir war und eben auf diesem Weg vom Tod überrascht wurde.

Der alte Pechvogel.

Sofort fiel mir unser letztes Telefongespräch wieder ein, das wir vor ungefähr einem Jahr geführt hatten.

Ich wolle nicht unhöflich sein, unterbrach ich den Bruder, aber diese ganzen tragischen Informationen müsse ich erst einmal verarbeiten. Ich sei am Ende meiner Konzentrationsfähigkeit. Wir könnten ja, da er im Besitz meiner Telefonnummer sei, unser Gespräch jederzeit fortsetzen. Erinnerungen austauschen – später, wenn ein wenig Zeit vergangen ist.

Es gebe kein Grab, Gerhard habe sich eine Seebestattung gewünscht, sagte sein Bruder abschließend und legte auf.

Ich setzte mich in meinen Ohrensessel, der unweit des Fensters in meinem Wohnzimmer stand, und sah hinaus. Die Bäume vor dem Fenster wiegten sich im Wind und verstreuten ihre gelben Blätter über die Wiese. Farbtupfer auf dem grünen Gras.

Gerhards Anruf vom letzten Jahr!

Ich hatte einige Jahre nichts von ihm gehört, und nun rief er mich an und bat mich unverhohlen um Geld. Ich lachte laut, weil es etwas war, das ich von ihm kannte. Eine gewisse Unverfrorenheit war Teil seines Charakters. Er redete nicht lange darum herum. ,Keine Umschweife' war seine Devise. Es gehe im finanziell nicht besonders gut, was noch geprahlt sei, und nun müsse er sein Fahrzeug durch den TÜV bringen. Von allen möglichen Leuten, Freunden, seiner Familie habe er schon einen Korb erhalten und nun…Ich sei gewissermaßen seine letzte Hoffnung. Der Strohhalm, der ihn vor dem Ertrinken bewahren konnte.

Ich dachte einen Moment nach und sagte ihm das Geld zu. Ich kannte seine Geschichte, das heißt, ich kannte einen Teil seiner Geschichte und – ich sage es frei heraus – er tat mir leid. Er war die meiste Zeit seines Lebens ein Pechvogel gewesen, während ich sehr oft von der Sonne gestreichelt wurde. Zwei ungleiche Freunde waren wir. Ja, das wurde mir während unseres Gespräches wieder bewusst.

Einen Tag später tätigte ich die Überweisung auf sein Konto. Eine Woche später schickte er mir eine überschwängliche SMS. Es sei alles in Ordnung. Sein Fahrzeug könne jetzt repariert werden und er sei mir für meine Hilfe unendlich dankbar. Geantwortet habe ich ihm nicht mehr, auch als einige Zeit später noch einmal eine Dankes-SMS von ihm kam. Er dachte wohl, ich wolle nichts mehr mit ihm zu tun haben, nachdem er so unverfroren gewesen war, nach einer so langen Zeit der Stille zwischen uns.

Ich habe nicht damit gerechnet, dass er mir das Geld zurückgeben wollte. Um ehrlich zu sein, ich hätte nicht im Traum daran gedacht. Dazu glaubte ich, ihn zu gut zu kennen. Dass es nicht so war, trieb mir nun die Tränen in die Augen.

Ich sah ihn dort auf dieser Bank sitzen, nachdem er zu Fuß unterwegs gewesen war, mit Blick auf den Ratzeburger Dom, keine drei Kilometer von meinem Zuhause entfernt. Er war sicherlich stolz, mir das geliehene Geld zurückgeben zu können. Noch ein wenig die Straße entlang, ein Stück den Berg hinauf, und er hätte es geschafft.

2

Nachdem ich am Vormittag im Steingarten einige Rosen geschnitten und dabei ständig an den Freund gedacht habe, bleibt mir im weiteren Tagesverlauf nichts anderes zu tun, als mich auf den Weg zu machen. Ich gehe den schmalen asphaltierten Weg, die Anhöhe hinauf, zur Straße hin, halte einen Moment an um zu verschnaufen, überquere die Fahrbahn und befinde mich auf dem Verbindungsweg, der zu dem kleinen Waldstück führt und die beiden Ortsteile verbindet.

Spätestens hier hätte Gerhard sich geweigert, weiterzugehen. In seinen vierziger Jahren hatte er erstaunlich an Gewicht zugelegt und dieses Gewicht lag auf seinen Knochen wie Blei. Nach zehn Minuten Fußweg begann er, nach Luft zu ringen, was ihn nicht davon abhielt, mich mit allerlei Flüchen zu belegen. Er blieb stehen wie ein störrischer Esel, wischte sich mit einem Taschentuch den Schweiß von der Stirn und stellte schließlich die kindliche Frage, wie weit wir denn noch gehen müssten, um unser Ziel zu erreichen. Passte ihm die Antwort nicht, fixierte er den nächsten Baumstumpf oder eine andere pas-

-sende Sitzgelegenheit und setzte sich. Ich könne ihn ja bei Gelegenheit auf dem Rückweg an dieser Stelle wieder abholen. Die Beine waren wie eine Schere geöffnet, sein gewaltiger Bauch in dem Zwischenraum abgelegt – wie ein Buddha bei der Meditation. Er begegnete meinem fragenden Blick, indem er sogleich erwähnte, dass er schon immer so gewesen sei, selbst in unserer Jugend habe es diese eklatanten Unterschiede zwischen uns gegeben. Aber sie seien nicht aufgefallen, sondern von anderen Aktivitäten kompensiert worden.

Ich erinnerte mich an einen Tag in der Schwimmhalle in Stuttgart-West. Gerhard war er guter Schwimmer und er hatte immer den Ehrgeiz, der Schnellste zu sein, gewinnen zu wollen. Kraftvoll zog er seine Bahnen und ich hatte beachtliche Mühe, mit ihm mitzuhalten. Allerdings bereitete es mir auch keinerlei Kopfzerbrechen, als Zweiter ins Ziel zu gelangen und manchmal ließ ich ihn sogar absichtlich gewinnen, weil ich wusste, wie wichtig es ihm war. Mit Achtzehn war er ein stämmiger aber durchtrainierter Zeitgenosse und seine Stärke trug er wie ein Schild vor sich her.

Ich wusste, dass es nicht leicht für ihn war. Er kam aus einem kleinen bayrischen Dorf wie unsere Mitschüler neckisch bemerkten. Sein Vater war ein amerikanischer Soldat, der sich aus dem Staub gemacht hatte, als seine Dienstzeit abgelaufen war. Aber seine Mutter hatte wieder geheiratet, trotz des Makels, eine ledige Frau mit Kind zu sein, was für diese Zeit nicht selbstverständlich war.

Sie verließ die kleine niederbayrische Ortschaft und zog mit ihrem Mann und ihrem halbwüchsigen Sohn nach Stuttgart. Dort bekam Gerhard später noch zwei Halbgeschwister: einen Bruder und eine Schwester. Aber er war sich nie sicher, zur Familie zu gehören, glaube ich.

Direkt konnte er nicht darüber sprechen. Es waren eher Äußerungen, die diesen Schluss nahelegten. Bemerkungen, an der richtigen Stelle platziert, ein Nicht-ernst-genommen-werden.

Es ist Herbst. Die Bäume haben bereits ihre Blätter abgeschüttelt. Sie bilden einen Laubteppich auf dem sumpfigen Waldboden und das Gehen ist angenehm – auf dem vollgesogenen Blattwerk.

Jetzt passiere ich die Stelle, wo die umgestürzte Birke den Weg versperrt. Den Waldarbeitern ist es noch nicht gelungen,

den langen Baum zu beseitigen. Sein breites Wurzelwerk ragt wie ein erstarrtes, überdimensionales Spinnennetz über den verrottenden Stamm hinweg.

Ich suche nach einem Ausweg, nach einem Pfad; finde ihn seitlich zwischen zwei Bäumen und gelange auf den Hauptweg, zu der Siedlung mit den Einfamilienhäusern. Gepflegte Vorgärten, sauber gestaltete Treppenaufgänge, verzierte Fensterbänke. Ein Idyll.

Ein Lebensentwurf, der jenseits von Gerhard Kesselbachs Lebenswelt lag. Niemals hätte ich ihn mir in so einem Haus vorstellen können, mit Frau und Kindern, mit Familie. Für ihn war ein anderer Lebensweg geplant. Ob gewollt oder nicht gekonnt, vermag ich nicht zu sagen. So gut habe ich ihn dann doch nicht gekannt.

Ich folge dem Weg zwischen den Gärten entlang, erreiche die Vorstadt und komme über die abschüssige Sedanstraße zu dem Parkplatz vor der Eisdiele. Von dort ist es nicht mehr weit bis zu der Bank, wo man ihn fand. Das kleine U-Boot-Modell treibt vertäut auf dem Wasser. Kein Nebel trübt die Sicht auf den Ratzeburger Dom. Ich setze mich. Das Wissen um die Existenz des Lebens setzt auch das Wissen um die Nichtexistenz voraus. Das macht die Sache so schwierig, so kompliziert. Man möchte immer wissen, wohin man geht. Die Vorstellung von einem Nichts ängstigt, deshalb halten wir uns alle für unsterblich – manchmal. Die Erkenntnis, dass es nicht so ist, ist schwer auszuhalten.

3

Ich habe seine Briefe aufbewahrt. Sie stammen allesamt aus einer Zeit, in der man sich noch Briefe schrieb.

Es gibt einen Raum in unserem Haus, einen Kellerraum, in dem ich derartige Dinge aufbewahre. Briefe und Tagebücher aus der damaligen Zeit. Alles ist dem Wunsch geschuldet, etwas zu bewahren. Nicht zu vergessen!

Die damalige Zeit übte auf Gerhard Kesselbach eine besondere Faszination aus. Es war – und das meinte er im Ernst – die Zeit, in der er gedanklich lebte, in der er für den Rest seines Lebens verweilen wollte.

Es ist ein Phänomen wie bei den Weltkriegsveteranen, die wir in unserer Jugend noch zahlreich kennengelernt haben. Immer wieder erzählten sie ihre Erlebnisse, als wären sie jahrelang auf einem Abenteuerspielplatz gewesen, als hätten sich die archaischen Erlebnisse des Krieges in ihr Bewusstsein gebrannt, und alles, was danach kam, in Gleichförmigkeit und Langeweile erstickt.

Genauso war es bei Gerhard. Wie ein Derwisch, der sich in Ektase tanzt, sprang er

zwischen seinen riesigen Lautsprechertürmen umher und präsentierte Schallplatten aus einer Ära, die längst vergangen war:
„Bad Moon Rising", „Satisfaction."
Weißt du noch?
Dann verfiel er in Tanzbewegungen die Fruchtbarkeitsriten ähnelten. Warum, so fragte ich mich damals, war er nicht in der Lage, sich weiterzuentwickeln?
Ich selbst hatte als Erwachsener die Hitparadennotierungen verlassen, spezielle Stile, Musikrichtungen und Künstler für mich entdeckt und bevorzugt.
Gerhard hatte für diese Absonderlichkeiten, wie er es nannte, kein Ohr, kein Verständnis. Ich glaube, im Grunde mochte er Musik nicht. Sie diente ihm lediglich als Vehikel, mit dem er in seine Vergangenheit, in seine Jugend reisen konnte. Immer und immer wieder.

Szenenwechsel: 1986
Wir saßen uns gegenüber: Zwei Männer mittleren Alters, die Bier und Whiskey tranken, wobei er den amerikanischen Bourbon bevorzugte, mit reichlich Cola, und ich mich an unverdünntem Scotch festhielt.

Irgendwann gestand er, dass etwas schiefgelaufen sei in seinem Leben. Dass nichts wieder so intensiv gewesen wäre wie unsere Jugend.

Erinnerungsfetzen:
Wir fuhren mit unseren Freundinnen Mona und Uschi in Gerhards beigefarbenen VW Käfer ins Mohnbachtal. Er war stolz auf seine hübsche Freundin Uschi. Ich sah seine Augen im Rückspiegel, seinen nach Anerkennung heischenden Blick. Ich reagierte nicht, sondern wand stattdessen den Kopf zu meiner Freundin Mona und küsste sie.
Auf einer Lichtung sammelten wir Holz für ein Lagerfeuer. Aus dünnen Zweigen schnitzten wir spitze Stöcke, auf die wir Würstchen steckten. Die hielten wir ins Feuer und erzählten uns Geschichten aus unserem noch jungen Leben. Es war Frühling. Frühling 1973.
Irgendwann fingen Gerhard und ich an zu raufen, wälzten uns auf dem weichen Nadelboden, während unser Lagerfeuer noch glimmte und unsere Freundinnen sich gelangweilt und verständnislos anschauten.

Ich stehe am Fenster und blicke auf das vom Regen durchtränkte Laub. Er ist Herbst. Ein Herbst, in dem es immerfort regnet, als betraure der Himmel die Toten des vergangenen Sommers.

Gerhard wollte immer beweisen, wie stark er war. Der muskulöse Kerl hatte mich irgendwann immer am Boden; setzte sich demonstrativ, mit erhobenem Arm und geballter Faust, seiner Siegerpose, auf meine Oberarme und nahm mir damit die Möglichkeit einer Gegenwehr.
Erinnerungssplitter: 1973
Mona, meine Freundin, glaubte dass Gerhard ein Minderwertigkeitsproblem habe.
Wahrscheinlich wegen seiner roten Haare und den vielen Sommersprossen. Außerdem, meinte sie, sei er ein fragwürdiger Charakter. Wir lagen auf der Couch in meinem Jugendzimmer und hörten Cat Stevens *Teaser and the Firecat*. Mona mochte so gern das griechisch inspirierte „Rubylove".
Es war unmittelbar nach diesem Titel, als sie sich aus meiner Umarmung befreite, sich aufrichtete und mir erzählte, dass Gerhard sie angefasst hätte. Ja, dass er sogar noch mehr wollte, alles wollte.

Es sei in der Zeit gewesen, als ich durch die Führerscheinprüfung gerasselt war, und aus lauter Frust unbedingt eine Auszeit brauchte.

Damals ließ ich mich von einem Freund auf einem Parkplatz auf der Schwäbischen Alb absetzen und ging von dort zu Fuß weiter. Ich verbrachte einige Tage auf einer Schlossruine, während Gerhard und die anderen nicht wussten, wohin ich verschwunden war.

Genau diese Situation nutzte Gerhard, um Mona zu besuchen und sich an sie heranzumachen.

Wir waren bereits bei „Peace Train" als sie mir erzählte, dass er es keinesfalls geschickt angestellt hatte, sondern eher plump, so wie er insgesamt eben sei. Auf die Frage von Mona, warum er so etwas einem guten Freund antun wolle, entgegnete er mit einem unschuldigen Hundeblick. Man müsse mir ja nicht alles erzählen. Mit dem Motto ‚Was ich nicht weiß, macht mich nicht heiß' ließe sich gut und sorgenfrei leben. Die Reaktion von Mona konnte ich mir gut vorstellen. Am Ende zog er ab wie ein geprügelter Hund.

4

Ich bin in meinem Kellerraum und sortiere die alten Tagebücher. Abgegriffene kleinformatige Bücher, einige mit schmierigem Ledereinband. In einem dieser Bücher sind Seiten rausgerissen. Das passt in diese Zeit. Die Zeit, in der Gerhard und ich uns nichts geschenkt haben, wie man so schön sagt.

Die Sache mit Mona und Gerhard schlug bei mir hohe Wellen. Zuerst wusste ich nicht, wie ich mich ihm gegenüber verhalten sollte, dann reifte in mir ein teuflischer Plan. Ich wollte ihm alles, was er mir angetan hatte, mit gleicher Münze heimzahlen.

Zu dieser Zeit war ich sehr sportlich und lief jeden Sonntag im nahegelegenen Hochwald meine Runden. Immer mal wieder lud ich einen meiner Freunde ein, mich zu begleiten, aber deren Begeisterung hielt sich meist in Grenzen. Sonntags wollte jedermann ausschlafen.

Interessanterweise fand Uschi, Gerhards Freundin, meinen Vorschlag attraktiv und eines schönen Morgens trafen wir uns auf dem Waldweg. Uschi war ein hübsches Mädchen. Ihr schmales Gesicht wurde von dunklen Rehaugen geschmückt, ihre Haare waren dunkelbraun und sportlich kurz geschnitten.

Ich war so böse auf Gerhard, so verletzt, dass ich mir ständig die Frage stellte, warum so eine Frau mit Gerhard zusammen war. Das war ein Umstand, den er definitiv nicht verdient hatte. Dieser grobschlächtige Kerl, der so wenig einfühlsam sein konnte und noch weniger romantisch. Den schmusigen Cat Stevens mochte er nur, weil unsere Freundinnen ihn so gerne hörten. Nein, an die Möglichkeit, mich zu irren, ihn falsch zu beurteilen, dachte ich in meiner Wut nicht. Uschi erschien mir als empfindsames, scheues Mädchen. Was musste sie mit so einem Menschen wie Gerhard alles erdulden?!

Diese Gedanken gingen mir durch den Kopf, als wir durch den Wald nebeneinander herliefen.

Ich weiß nicht mehr, wie es geschah; zu viele Jahre sind seit dieser Zeit vergangen. War es ein aufgegangener Schnürsenkel, der uns zum Anhalten zwang? Genau, sie bückte sich, um nach dem Senkel zu greifen und ich hielt sie fest, weil ihr Fuß auf einem Baumstumpf ruhte. Es war Winter und überall lagen Schneereste. Es fühlte sich gut an, sie festzuhalten. Als sie mich anschaute mit ihren braunen Augen, war es um mich geschehen. Ich musste sie einfach küssen, während kein Zögern von ihr ausging, keine Gegenwehr. Warm und weich streckte sie mir ihren Körper und Mund entgegen. Sie zu küssen, war wie ein Sprung in einen See. Zuerst erfrischend und kühl bis sich ein heißer Strom seinen Weg bahnte und mich wie im Fieber umschlang.

Nach diesem Erlebnis schämte ich mich. Es war eine nicht genau zu definierende Scham, aber allumfassend. Uschi ging es genauso, also vereinbarten wir Stillschweigen. Wir wollten unsere Beziehungen nicht gefährden, die uns – trotz allem – noch wichtig erschienen. Fortan teilten wir ein Geheimnis und das verband uns. Das Gefühl einer Genugtuung gegenüber Gerhard stellte sich bei mir nicht ein.

Monate später zerbrachen unsere Freundschaften. Ich trat meinen Wehrdienst an und verließ Stuttgart. Einige Wochen später erreichten mich Monas Abschiedsbrief und Gerhards Mitteilung, dass auch mit Uschi alles zu Ende gegangen sei.

5

Ich lernte Gerhard 1968 auf der Handelsschule kennen. Wir gingen in dieselbe Klasse, waren Banknachbarn. Auffällig an ihm war, dass er eine Affinität für Science Fiction hatte oder Technik im Allgemeinen. Spielereien, Gimmicks, wie sie in den *James-Bond*-Filmen damals vorkamen, waren seine Welt. Unter unserer Bank lag immer ein aufgeschlagenes *Perry-Rhodan*-Heftchen, in dem er während des Unterrichts ständig blätterte und las. Der Unterrichtsstoff ging meilenweit an ihm vorbei. Er wurde auch niemals durch lästige Fragen vom Lehrer in seinem Lesevergnügen gestört, gab sich unauffällig und lernte nur, wenn eine Arbeit anstand oder eine Prüfung zu bewältigen war. Irgendwie kriegte er immer wieder die Kurve. In dieser Hinsicht besaß er eine gewisse Tollkühnheit, die ich an ihm bewunderte. So entstand unsere Freundschaft.

In den Pausen auf dem Schulhof unterhielten wir uns meistens über die aktuellen Kinofilme oder über Fernsehserien wie *Raumpatrouille Orion, Ufo* oder *Invasion von der Wega*, was ganz seinem Universum ent - sprach, oder über Mädchen, also über die

Mädchen in unserer Klasse, besonders über eine, Waltraut Schmidt, die für uns allerdings unerreichbar war. Sie kam aus einer Kaufmannsfamilie und hatte bereits einen festen Freund, sprach von Verlobung et cetera.

Apropos Mädchen, es gab jemanden in unserer Klasse, die durchaus erreichbar war: Sie hieß Rosie. Oh je, Rosie war eine Nummer für sich. Ein üppiges Mädchen mit dunkelblonden, schlecht zu bändigenden Haaren. Sie sah immer so aus, als käme sie gerade aus dem Bett, aus irgendjemandes Bett.

Nachdem sie mir in der Kneipe, in der wir immer nach der Schule unser Bier tranken, das Küssen beigebracht hatte, und wir uns auf den langen Weg zu ihr nach Hause machten und an jeder Straßenecke stehenblieben, damit ich meine Kusstechnik verfeinern konnte, lud sie Gerhard, mich und Ronald, einen anderen Klassenkameraden, zu sich nach Hause ein. Ihre Eltern waren in Urlaub gefahren und sie blieb als Hüterin des Hauses zurück.

Es wurde eine Nachmittagsfete, die sich bis in den Abend hinzog und mit reichlich Alkohol begleitet wurde. Ronald war ein Typ wie Richard Bradford, der Darsteller aus der Serie *Der Mann mit dem Koffer*. Zumindest hielt er seine Zigarette während der großen

Pause auf dem Schulhof immer wie Bradford alias McGill. Er legte eine enorme Lässigkeit an den Tag. Sein Gang, seine Bewegungen – wie die einer jederzeit sprungbereiten Katze. Das war wahrscheinlich der Grund, warum Rosie ihn eingeladen hatte.

Jedenfalls, wir hatten alle reichlich getrunken und im Fernsehen lief eine Folge von *Invasion von der Wega*. Es war also schon nicht mehr früh am Nachmittag, eher Abend. Wir hatten den Ton des Fernsehers abgestellt und ich sah, dass David Vincent enorm in Bedrängnis geriet, als Rosie begann, sich auszuziehen, direkt vor unseren Augen. Ronald drückte lässig seine Kippe in den Aschenbecher und Gerhard kippte gierig ein Glas voll Wodka in sich hinein. Ich machte den Vorschlag, eine Platte aufzulegen. Eine Musik, die zum Ambiente passte, etwas Gefühlvolles, vielleicht Soul. Ich zog *Rare Earth in Concert* aus dem Plattenregal, und während „I Just Want to Celebrate" heulte, fiel Rosies BH von ihren Brüsten. Er dauerte nicht lang und wir standen alle drei um sie herum. Einer von uns hatte die Lampe mit einem leicht durchsichtigen, roten Schal ab-gedeckt, so dass wir in leicht gedimmten Licht standen und uns immer wilder zu der extatischen Musik bewegten. Dann fiel Rosies Höschen und ich sah Gerhards

31

Hände, die um ihren Hals herumstrichen. Wie gesagt, wir hatten ziemlich viel getrunken und es schien, als ob uns diese Situation immer mutiger, immer verrückter machte. Bei „Hey, Big Brother" stand ich dicht hinter Rosie und mein erigiertes Glied berührte ihre Poritze. Ja…wir wurden immer verrückter. Ich sah, wie Gerhard von vorne mit seinen Fingerkuppen ihre Brustwarzen streichelte. Bei „Born to Wander" wand sich Rosie aus unserem Dreigestirn. Sie sagte, ihr wäre das alles ‚too much' und sie möchte lieber mit jedem von uns, einzeln, zusammen sein. Ihre erste Wahl fiel auf Ronald, den ich zwischenzeitlich völlig aus den Augen verloren hatte. Aber plötzlich war er wieder präsent. Also gut, McGill machte das Rennen. Rosie verschwand mit ihm im Schlafzimmer.

Ich begab mich zu dem Plattenspieler und drehte die Platte um. „Get Ready" ging ab, und als ich mich umdrehte, sah ich Gerhard mir zugewandt in einem Ohrensessel sitzen – mit aufgepflanzter Standarte. Meine Erektion war durch das ganze Prozedere wieder dahin und ich nahm in dem Sessel gegenüber von ihm Platz und er meinte, nun liefe alles aufs Streichholzziehen hinaus. Das hieß, derjenige der, das kürzere Streichholz zog, musste dem anderen den Vorzug lassen.

Er hätte alles bereits vorbereitet und hielt mir seine geschlossene Hand mit den Streichholzenden hin. Ich wusste bereits, als ich das Hölzchen zog, dass ich verloren hatte. Gerhard lachte triumphierend. Ich sprang genervt von meinem Sitz auf und ging zur Schlafzimmertür um zu lauschen. Es war nichts zu hören außer ein paar Gesprächsfetzen und der Musik im Hintergrund, ein Schlagzeug, Bongos und eine nervös treibende Orgel. Gerhard stand auf und klopfte an die Tür. Er wollte wissen, wie die Dinge standen, er habe schließlich nicht die ganze Nacht Zeit. Ich schaute auf den Bildschirm, auf dem David Vincent gerade einen Weganer enttarnte. Rosie war inzwischen aufgetaucht – im Gefolge eines sichtlich geknickten McGills. War wohl doch nicht alles so lässig, wie man es sich vorgestellt hatte. Ich sah gerade noch, wie Gerhard sie zurück ins Schlafzimmer dirigierte, ganz sanft aber bestimmt. Während die Bongospieler auf der *Rare-Earth*-Platte durchdrehten, zog Ronald sich wieder an. Ganz langsam, wie in Zeitlupe. Als die Orgel wieder einsetzte, entdeckte ich die beiden Streichholzenden auf dem Tisch. Sie waren gleich lang. Verdammt, Gerhard hatte mich wieder reingelegt!
Ronald verabschiedete sich mit einem

sanften Klaps auf meinem Rücken und ich bewegte mich während eines Saxophonsolos auf der Platte zur Schlafzimmertür. Da wurde sie bereits aufgerissen und Gerhard stürmte an mir vorbei mit den Worten, ich sei jetzt dran und ich möge mich ein wenig beeilen. Irgendwann müssten wir ja mal wieder nach Hause. *Invasion von der Wega* war zu Ende und „Get Ready" ebenfalls.

Ich trat zu Rosie in das abgedunkelte Schlafzimmer. Meine Motivation war auf dem Nullpunkt und zu allem Überfluss erzählte sie mir noch, wie kaputt sie sei, alle Knochen täten ihr weh – nicht zuletzt, weil Gerhard wohl nicht gerade rücksichtvoll mit ihr umgegangen sei.

Ich setzte mich auf die Bettkante und wusste, es war vorbei, der Zauber, der Rausch waren verflogen. Es ging sogar so weit, dass ich mich nicht mal mehr betrunken fühlte. Ich war stocknüchtern und Rosie lag vor mir wie ein Stück Fleisch. Dann ging die Tür auf, Gerhard stand angezogen im Türrahmen und fragte nach dem Stand der Dinge. Wobei er das Wort ‚Stand' im Besonderen betonte, was mich wie eine Furie auffahren ließ. Rosie meinte, dass ihr alles schrecklich leid täte, und beteuerte, dass es sicher noch einmal eine zweite Gelegenheit geben würde, eine zweite Chance sozusagen.

Ich weiß nicht mehr, warum ich mich damals von Gerhard mitreißen ließ. Ich hätte bleiben können. Vielleicht wäre noch etwas passiert. So gab ich ihm abermals die Chance, den einfühlsamen, den verständnisvollen Freund zu spielen. Es sei nicht so schlimm, ich solle mir nicht so viel daraus machen. Das könne schließlich jedem von uns passieren. Ich verstand zuerst nicht, was er damit meinte, was er mir sagen wollte, bis ich begriff, dass er mich als Versager bezeichnete.

6

Heute ist der erste regenfreie Tag seit einer Woche. Ich spaziere durch das kleine Waldstück, das unseren kleinen Ort von Ratzeburg trennt, nehme die abschüssige Straße in schnellem Schritt und gelange zu der kleinen Marina am Domsee. Die Segelboote sind vertäut und mit Planen abgedeckt. Im kabbeligen Wasser ragen ihre kahlen Masten zitternd in den grauen Himmel. Von hier kann man die Bank unterhalb des Dammes sehen, die Bank, auf der man Gerhard fand.

Ich setze mich auf einen der Holzpfosten, die den Steg zu den Booten stabilisieren, und frage mich, warum mich Gerhards Tod derartig berührt. Wir hatten jahrzehntelang kaum Kontakt und die Art und Weise, wie wir manchmal miteinander umgegangen waren, entsprach nicht unbedingt dem Muster einer Freundschaft. Vielleicht lag es daran, dass wir ein Stück dieser Wanderung durch eine Landschaft, die man als Jugend bezeichnet, gemeinsam unternommen hatten – eine begrenzte Anzahl von Jahren, denen man später im Leben so viel Bedeutung beimisst.

Wir waren Altersgenossen und Zeitgenossen im wahrsten Sinn des Wortes.

Ich erinnere mich an einen Abend, an dem Gerhard überraschend bei mir aufkreuzte und meine Eltern fragte, ob er bei uns übernachten dürfe. Mein Vater nickte missbilligend, weil Gerhard eine fadenscheinige Erklärung abgab, nicht mehr nach Hause fahren zu können.
Später erzählte er mir unter vorgehaltener Hand, es habe Streit mit seinen Eltern gegeben, insbesondere mit seinem Stiefvater. Während des Wortgefechtes habe seine Mutter sein Zimmer verlassen und sein Vater sei danach handgreiflich geworden. Da habe er sich – das müsse ich ihm glauben – gewehrt. Er habe den Schlag des Vaters abgewehrt und seinerseits zugeschlagen. Mit zwei, vielleicht auch drei Faustschlägen habe er den alten Mann in seinen Kleiderschrank geprügelt. Die Regalböden, auf denen sich seine Klamotten befanden, seien durch den Raum gesegelt mitsamt seinen Pullovern, Hemden und seiner Unterwäsche. Sein Vater habe am Ende rücklinks unter den Kleiderbügeln gelegen, an denen seine Jacken und Mäntel aufgehängt waren. Dieser Anblick habe ihn zur Flucht gezwungen. Na,

ja, und jetzt sei er hier und fühle sich elend, aber nicht schuldig. Überhaupt habe sich der Stiefvater ihm gegenüber zu viel herausgenommen. Vielleicht sei dies nun der endgültige, schon längst überfällige Bruch. Er werde in absehbarer Zeit von zu Hause ausziehen und Kontakt zu seinem richtigen Vater aufnehmen, der irgendwo in Amerika lebe, und unter Umständen gebe es irgendwann die Möglichkeit auszuwandern. Ich schmunzelte und entgegnete, dass er mir immer erzählt hatte, nichts über seinen wirklichen Vater zu wissen. Seine Mutter hatte sich aus naheliegenden Gründen mit Einzelheiten immer zurückgehalten, um den Familienfrieden nicht zu gefährden.

Ich kannte seinen Stiefvater, er war gelernter Maurer. Seine Eltern hatten vor einiger Zeit begonnen, ein Haus zu bauen, weit außerhalb von Stuttgart, am Rande des Schwarzwaldes, in Forsthausen. Eines Tages fragte sein Stiefvater über Gerhard nach, ob wir beiden bereit wären, mit anzupacken, Handlanger auf seinem Bau zu spielen. Er wolle sich in jedem Fall erkenntlich zeigen. Er hatte die Physiognomie eines Franz-Josef Strauß. Eine untersetzte, kräftige Bulldogge, die richtig hinlangen konnte. Er marschierte dann auch als Bauleiter über seine Baustelle und gab uns allerlei Anweisungen. Wir schleppten einige Stunden lang Steine, Holzbohlen und Bauschutt. Wir schaufelten Sand und bedienten den Zementmischer – alles ohne nennenswerte Pause, unter glühender Frühjahrshitze. Am Ende des Tages drückte sein Stiefvater, Gerhard wohlwollend einen Zehnmarkschein in die Hand.

Den könnten wir uns teilen und am Abend ordentlich einen draufmachen. Ich konnte mir ein Lächeln nicht verkneifen und bezeichnete ihn süffisant als Sklaventreiber, was er mir noch jahrelang übel nahm.

Er meinte, Gerhard solle sich sehr wohl überlegen, mit wem er seine Freizeit verbringen wolle. Ich jedenfalls wäre kein Umgang für ihn. Inzwischen war ihm offensichtlich klargeworden, dass sein Sohn auch kein Unschuldsengel war.

Ich riet Gerhard, es noch einmal mit seinen Eltern, insbesondere mit seinem Stiefvater, zu versuchen. Ich hatte das Gefühl, dass es nicht so einfach war, auf eigenen Füssen zu stehen, wenn man sich noch in der Ausbildung befand. Auch mit meinen Eltern gab es ab und zu Reibereinen, vor allem das Verhältnis zu meinem Vater war nicht immer ungetrübt.

Ich pumpte eine Luftmatratze auf, während meine Mutter ein Laken und Bettwäsche bereit legte. Später kam mein Vater noch vorbei und sprach mit Gerhard. Er wolle nicht genau wissen, was geschehen sei, aber erwarte, dass diese Geschichte wieder in Ordnung gebracht werde. Solange könne er hier übernachten.

Heute Morgen stellte ich fest, dass mein Schallplattenspieler, ein alter Superelectronic von Siemens, nicht mehr richtig funktionierte: Die Lautsprecher gaben keinen Laut von sich, obwohl die feine Nadel sanft über die Rillen fuhr.
Jetzt beschäftige ich mich mit dem Tonarm, schraube das hintere Gewicht ab und entferne die kleine Plastiknabe mit dem Diamanten. Dann überprüfe ich die Kabellage und reinige alles mit dem Pinsel. Ich genieße es, am Ende alles wieder zusammenzubauen. Anschließend lege ich eine alte Platte aus meinem reichhaltigen Fundus auf, drücke den richtigen Knopf und tatsächlich ist danach die Stimme von Elton John zu hören.
Ja, der Schallplattenspieler ist auch ein Relikt aus der Vergangenheit, der mit seinem Tonarm weit in die Gegenwart hin-

einragt. Wie der riesenhafte Arm eines
Krans.

7

Ich habe seit fünfundzwanzig Jahren keine Discothek mehr betreten. Im Jahr 1969 übten diese Etablissements allerdings einen unwiderstehlichen Reiz auf mich aus und Gerhard war derjenige, der mich damals jeden Samstag mitschleppte.

Ich dürfe mich nicht wundern, meinte er, wenn man ihn dort mit dem Namen ‚Mike‘ ansprechen würde. Er lege vielmehr Wert darauf, so angesprochen zu werden. Nicht nur, weil sein tatsächlicher Vater ein Amerikaner sei und die Ansprache somit ganz natürlich, sondern auch, weil er den Namen Gerhard nie gemocht hätte und sich hier gleich überall mit ‚Mike‘ vorgestellt habe. Ich spekulierte sofort, dass er sich vielleicht auf eine seiner Lieblingsserien bezog: *Mike Nelson: Abenteuer unter Wasser*. In gewisser Hinsicht sei das nicht so falsch. An irgendjemandem müsse man sich ja orientieren, meinte er. Der Discjockey hieß übrigens ‚Hans‘, und das sei keine Option gewesen.

Der Schuppen hieß *Take Five*. Die Inspiration für diesen Namen ging auf den Jazzpianisten Dave Brubeck zurück, dessen Titelstück immer gespielt wurde, wenn der Laden morgens gegen 2 Uhr seine Pforten schloss, erzählte mir Hans, nachdem Gerhard/Mike mich vorgestellt hatte. Hans besaß ein zerfurchtes Narbengesicht, was wohl auf eine ausgiebige Akne in seiner Jugendzeit zurückzuführen war, und er hatte die Augen eines alten Mannes. Nun ja, er war damals bereits achtundzwanzig. Was um alles in der Welt musste dieser Kerl hier schon erlebt haben!

Er stand hinter seinem Schallplattenpult wie ein Dandy, in seinem dunkelgrauen Anzug, dem weißen Hemd und der schrill-bunten Krawatte, die bewusst lose gebunden um seinen kräftigen Hals hing. Sei ovales Gesicht schmückte eine schwarze Ray-Ban-Brille, unter der in regelmäßigen Abständen seine makellose obere Zahnreihe aufblitzte, wenn er mit einem breiten Lächeln die nächste Scheibe auflegte.

Wir standen wie die Säulenheiligen links und rechts von seinem Pult und starrten mit bewegungslosen Gesichtern auf die Tanzfläche, auf der unter einem grellen und bunten Blitzlichtgewitter unzählige Leiber schwitzten, keuchten und zuckten wie in Ekstase. „Get Up (I Feel Like Being) a Sex Maschine".

Wenn Hans mal auf Toilette musste oder mit anderen Aktionen beschäftigt war, durfte Gerhard/Mike seinen Platz einnehmen, was diesen mit unglaublichem Stolz erfüllt. Natürlich nicht in unserer Anfangszeit aber später, als Hans erkannt hatte, dass Mike über einen kompetenten Musikgeschmack verfügte, durch bloßes Zusehen mit der Musikanlage vertraut war und seine Ansagen wie ,Hallo, ich bin der Mike und dies sind die *Hollies* mit „Hey Willy"' mit Bravour meisterte.

Nachdem Mike ein paarmal hinter den Reglern der Anlage gesessen hatte, begannen sich die Mädchen für ihn zu interessieren. Sie näherten sich wie Tiere, die nach Beute Ausschau halten. Ich verfolgte das Geschehen mit einer gewissen Faszination, denn obwohl es nicht zu übersehen war, dass ich mit Mike, dem Plattenaufleger, befreundet war, kam bei mir, was Mädchen betraf, nie mehr als ein Smalltalk heraus. Manchmal hatte ich Gelegenheit, eines meiner Bücher zu verleihen, wenn das Gespräch zufällig in den Bereich Literatur schwappte, und das war wirklich ein Grenzbereich, hinter dem nie so etwas wie Erotik lauerte. Die Mädchen hielten nach anderen Attributen Ausschau. Es gab einen baumlagen Jugoslawen namens Mirko, der trug einen Cowboyhut, den er tief ins Gesicht gezogen hatte wie *Django*. Er schlug immer seinen Schädel gegen den Zigarettenautomaten, der auf dem Gang zu den Toiletten stand, und verursachte damit Aufsehen, was dazu führte, das oft eines der Mädchen an ihm kleben blieb, wie eine Fliege an einem Insektenfänger. Ich verstand derartige Aktionen nicht. Sie bleiben mir bis heute fremd. Auch bei Gerhard, der sich hier Mike nannte, schien in dieser Zeit einiges zu funktionen. Während seine Schallplatten liefen, plauderte er beispielsweise mit einem Mädchen. Das Gespräch schien bereits nach kurzer Zeit auf einer vertrauten Ebene zu verlaufen. Köpfe wandten sich einander zu. Man flüsterte. Gesichter verzogen sich zu einem Lächeln, manchmal wurde lauthals gebrüllt, manchmal wurde ein Kopf geschüttelt – vielleicht mit gespielter Entrüstung – dann wieder einvernehmlich genickt. Wenn dann Hans zur Ablösung erschien, nickte mir Mike unvermittelt zu, was bedeutete, dass er für eine gewisse Zeit verschwand. Er half dem Mädchen, manchmal auch der jungen Frau, in den Mantel oder in die Jacke und dann verließen beide das Lokal.

Die Wohnung seiner Eltern war nur etwa zehn Gehminuten vom *Take Five* entfernt. Ich wusste, dass er die Mädchen dahin mitnahm, denn seine Eltern schliefen in dieser Zeit übers Wochenende immer schon auf ihrer Baustelle und später hielt er die Wohnung noch eine Zeit lang alleine – bis zum Antreten seines Militärdienstes. Nach zwei Stunden stand er wieder mit leuchtenden Augen auf der Tanzfläche. Ja, danach hatte er immer Lust zu tanzen. Meistens allein. Die Frauen kamen niemals mit ihm zurück. Er stand dann schwitzend unter den Scheinwerfern, wiegte den Körper im Takt des Rhythmus und bewegte sich in Richtung einer Welt, in der nur er sich auskannte. Er hat mir nie erzählt, was mit diesen Frauen ablief, die er damals abschleppte. Er nickte zwar vielsagend, erging sich dann allerdings in Floskeln wie ‚Der Kavalier genießt und schweigt' oder schnalzte mit der Zunge wie ein Feinschmecker nach einer köstlichen Mahlzeit.

Ihr fehlen die Chronologie, das Zusammenwirken, die Vertiefung der Szenen, meint meine Frau, nachdem sie die ersten Kapitel meines Manuskriptes gelesen hat. Nachdenklich antworte ich ihr, dass es meiner Ansicht nach genau so sei, weil Erinnerungen eben so funktionen. Sie sind wie Staub in unseren Lebensräumen, der zwar immer wieder aufgenommen, ge-

fegt wird, aber niemals vollständig. Es bleibt immer etwas im Dunkeln, im Verborgenen, zurück. Etwas, das man – wissentlich oder unwissentlich – übersieht, übersehen möchte.

8

Gerhard lernte Yvonne 1972 in der Parfümerie eines großen Kaufhauses in der Nähe des Rathausplatzes kennen, gegenüber dem Record Shop, wo wir immer unsere Schallplatten kauften.

Für diese Frau begann er zu schwärmen. Ja, sie sei Französin und spreche sehr gut Deutsch, aber eben mit diesem einnehmenden, niedlichen Akzent, diesem typischen Singsang, der ihn regelrecht betöre. Ansonsten sei sie brünett, mit leicht lockigem Haar und tiefbraunen Augen, dunkler als Haselnüsse. Wenn sie gut gelaunt sei, und das sei meistens der Fall, quittiere sie jeden Satz mit einem kieksenden Lachen. Sie nannte ihn oft ‚süßer, kleiner Kohlkopf'. Natürlich auf Französisch. Ich habe Gerhard nie glücklicher gesehen als in dieser Zeit.

Was mich bedrückte, war der Umstand, dass er mich Yvonne nie vorstellte. Immer erfand er irgendwelche Ausreden. Die Zeit für Zweisamkeit sei knapp bemessen. Da passte eine dritte Person nicht, wenigstens noch nicht. Er besuchte mich immer, wenn sie keine Zeit für ihn hatte. Dann beschrieb er anschaulich, was sie zusammen unternommen hatten. Einige Zeit später lernte ich Mona kennen und die Situation änderte sich.

Irgendwann, als meine Eltern in Urlaub gefahren waren, nutzte ich die Gunst der Stunde, um eine Party zu organisieren, zu der ich unter anderem auch Gerhard und Yvonne einlud. Mona versprach, ein paar von ihren Freundinnen und Freunden mitzubringen.

Dummerweise bekamen Mona und ich uns einige Tage vor der Party fürchterlich in die Haare. Ich weiß nicht mehr, woran sich der Streit entzündete. Wir lagen entspannt in meinem Zimmer auf der Couch und hörten die neue Elton-John-LP *Don`t Shoot Me, I'm Only the Piano Player*. Seit „Your Song" begann ich, seine LPs zu sammeln. Mona liebte den Song auch, besonders den Seufzer in der Textzeile ‚If I was a sculptor, but then again no'.

Aber während wir die neue LP hörten, geschah etwas. Ich kann mich nicht mehr an die Einzelheiten unseres Streites erinnern, vermutlich hatte ich in einen Text gequatscht, irgendeine unpassende Bemerkung gemacht. Ich weiß nur noch, dass zwischen uns plötzlich die Luft zu brennen begann. Mona sprang von der Couch auf, machte ein paar schnelle Schritte zum Plattenspieler, riss die Scheibe vom Teller und zerbrach sie wütend. Ich lag wie erstarrt, unfähig mich zu bewegen, während sie ihren Mantel überstreifte und verschwand. Es war wie in einem Alptraum.

Einige Zeit später versuchte ich, bei ihr anzurufen, aber sie nahm den Hörer nicht ab. Daraufhin wollte ich das Fest schon absagen und rief Gerhard an. Der riet mir, die Füße stillzuhalten. Es würde sich mit Sicherheit alles wieder einrenken. Frauen seien nun einmal launisch und würden sich in Situationen hineinmanövrieren, die Männer nicht nachvollziehen könnten. Ich sollte nicht hinter ihr her telefonieren. Daraufhin legte ich *Madman across the Water*, Eltons Jeansplatte, auf den Plattenteller.

Als die ersten Akkorde von „Tiny Dancer" verklungen waren, klingelte es an der Tür und Mona stand lächelnd und versöhnlich im Türrahmen und schwang etwas in ihrer Hand, das wie eine LP von Elton John aussah: *Don`t Shoot Me…*

Let's go, die Party konnte beginnen.

Ich begrüßte meine Gäste in meinem neuen Donald-Duck-T-Shirt (Donald im Laufschritt, auf der Flucht, mit dampfenden Fußsohlen). Gerhard meinte, das Shirt sei klasse, weil es meine nicht vorhandenen Muskeln so schön zur Geltung bringen würde, und erntete mit dieser Bemerkung einige Lacher. Die Party fand auf zwei Stockwerken des Hauses statt. Im obersten Stockwerk hatten meine Helfer und ich einige Möbelstücke, die durch mögliche Randale beschädigt werden konnten, abgestellt. Die Zimmer waren mit alten Matratzen ausgelegt, auf denen man sich ungezwungen herumlümmeln konnte. Die Tische bestanden aus Spanplatten, die auf kleine Holzpföstchen genagelt waren. Echt Japanstyle. Überall standen Terrinen und Schalen mit Ananasbowle herum: ein Spezialrezept meines Vaters. Im Keller hatten wir Bierkisten gestapelt. Ansonsten gab es Chips und Erdnüsse und viel Musik. Zwei Plattenspieler mit Lautsprechern beschallten die Räume. Auf Kerzenlicht verzichteten wir, stattdessen hatten wir bunte, fast durchsichtige Tücher um die Lampen gewickelt. Die erzeugten Intimität. Es ist wichtig, sein Gegenüber noch zu erkennen, besonders zu vorgerückter Stunde, meinte Gerhard süffisant, nachdem er mich endlich seiner Yvonne vorgestellt hatte. Oh ja, er hatte nicht zu viel versprochen.

Nach drei Stunden hatte sich meine Bude in einen rauchgeschwängerten Tanztempel verwandelt. Gerhard hatte einen Stapel Singles aus abgelegten *Take-Five*-Beständen mitgebracht und legte sie im Wohnzimmer meiner Eltern auf. Hier spielte die Musik, wie man so schön sagt.

Im Parterre wurde bevorzugt Elton John und Cat Stevens gehört, was die Leute zum Stehen und Trinken animierte.

Es war schon Mitternacht, als Gerhard mich fragte, ob ich Yvonne irgendwo gesehen hätte, was ich irritiert verneinte. Als jungverliebtes Paar bleibt man doch zusammen, meinte ich. Dann fiel uns auf, dass auch eine andere, eine männliche Person, verschwunden war.

Wir fanden die beiden Vermissten schließlich im Schlafzimmer meiner Eltern.

Sie hatten sich im Laufe des Abends unbemerkt einen Weg dahin gebahnt. An all den abgestellten Möbeln vorbei.

Sie waren beide nackt und in eindeutiger Position, als wir sie entdeckten, und Gerhard sah in diesem Moment erstarrt aus – wie ein schwer betrunkener, alter Mann. So bestürzt und niedergeschlagen hatte ich ihn niemals zuvor erlebt.

9

Gerhard war nicht damit einverstanden, dass ich mich im Juli 1973 aus dem Staub machen wollte. Ich wüsste gar nicht, was ich ihm damit antue, meinte er. Und nicht nur ihm, sondern auch…uns allen. Für mich fühlte sich das Weggehen wie eine Rettung an: eine Rettung vor der ständigen Beobachtung und Maßregelung durch meine Eltern, dem gewohnt Alltäglichen, vor dem Versinken in die Banalität. Vor meiner Abreise wollten Gerhard und ich allerdings noch zwei Dinge erledigen. Erstens, eine erneute Fete auf die Beine stellen und zweitens, eine Reise nach Spanien antreten.

Die Party sollte in einem kleineren Kreis stattfinden. Gerhard hatte seinen Liebeskummer inzwischen überwunden, nicht zuletzt, weil Monas Freundin Uschi sich seiner angenommen hatte. Die Party fand in einer deutlich getrübten Atmosphäre statt. Es wurde weniger getanzt als getrunken. Diesmal hatten wir Kerzen auf den Couchtisch gestellt und lauschten der Musik von Simon und Garfunkel und der ersten Solo-LP von Paul Simon. Bei dem Song „Duncan" geriet ich in eine Art melancholischen Sog. Am liebsten hätte ich in diesem Augenblick meine ganzen Zukunftspläne über den Haufen geworfen. Ich wollte nicht mehr weg. Ich wollte bleiben. Als mich Mona dann auch noch auf die Tanzfläche zerrte und sich zärtlich an mich schmiegte, war es mit meiner Contenance vorbei, was Gerhard mit einem vor Verlegenheit kieksenden Lachen kommentierte, während er, von Uschi umarmt, auf der Couch herumlümmelte. Später erzählte er mir unverhohlen, ich würde seine Meinung zu der ganzen Geschichte bereits kennen. Dazu bedürfe es keines weiteren Kommentars.

Die geplante Reise nach Spanien fand drei Wochen später statt. Gerhard hatte für 50 DM einen uralten VW Käfer erstanden, mit dem wir erst mal eine Testfahrt unternahmen: Der Motor ratterte, das Getriebe knatterte. Alles sei in bester Ordnung, meinte Gerhard. Der Abschied von unseren Freundinnen geriet tränenreich. Wir sollten auf uns aufpassen und nicht zu viel trinken und vor allen Dingen nicht auf Abwege geraten.

Von Stuttgart fuhren wir in Richtung Karlsruhe, dann am Rande des Schwarzwalds entlang ins Breisgau. Da wir an diesem Tag erst am Nachmittag losgefahren waren, wollten wir unsere erste Übernachtung in der Nähe von Mulhouse in Frankreich machen. Ich erinnere mich noch, wie wir auf der Autobahn hinter einem Bus herfuhren, ohne dass es uns gelang, ihn zu überholen. Unsere Karre gab eben einfach nicht mehr her, außerdem war Gerhard so müde, dass ihm immer wieder die Augen zufielen. Eine Handvoll Mädchen im Rückfenster des Busses winkten uns freudig lachend zu, während aus unserem Radiolautsprecher „Hot Love" von *T- Rex* plärrte, was Gerhard für Momente seine Müdigkeit vergessen ließ. Aber eine halbe Stunde später ging nichts mehr. Wir steuerten vor der Grenze zu Frankreich einen Rastplatz an, stellten die Sitze nach hinten und schliefen vor Erschöpfung sofort ein. Am nächsten Morgen passierten wir die Grenze. Die Sonne stand hoch am Himmel und brannte aufs Autodach, sodass die Hitze bald unerträglich wurde. Klimaanlagen und Autos brachte man zur damaligen Zeit noch nicht in Verbindung, zumal unser Käfer bereits 15 Jahre auf dem Buckel hatte, und schneller als 80 Km/h lief Gerhards Karre auch unter gutem Zureden nicht mehr. Am späten Nachmittag – wir hatten gerade Montelimar am Rande der Provence erreicht – wäre Gerhard vor

Erschöpfung beinahe in einen Straßengraben gefahren. Mit letzter Kraft hielt er den Wagen in der Spur. Wenig später entdeckten wir auf der anderen Straßenseite ein heruntergekommenes Hotel: ein einstöckiger Flachbau, der jeden Moment einzufallen schien. Wir stellten unser Fahrzeug auf einem gegenüberliegenden Parkplatz ab. Ein süßlicher Geruch lag schwer wie Nebel in der Luft. Der Wind wehte aus Richtung Montelimar einen Duft aus Honig und Mandeln herüber. Ich erzählte Gerhard, dass Montelimar als Nougat-Metropole galt, weil er genervt die Nase rümpfte. Für solche Genüsse hatte er nichts übrig. Im Hotel schien sämtliches Personal mit Kochen und Essensvorbereitungen beschäftigt zu sein. Die Tür zur Küche stand weit auf: Hier wuselten unzählige Menschen um dampfende Töpfe und gestapelte Teller herum. In den Töpfen schwammen Schalentiere. Es stank nach Fisch und Meeresgetier. Ein paar Frauen hantierten mit schmutzigem Besteck an Fischgekröse herum. Gerhard wollte schon auf dem Absatz kehrt machen. Dies könne man sich unter keinen Umständen antun, ihm werde bereits vom Zuschauen schlecht. Aber eine junge Dame an der Rezeption hatte bereits unseren Zimmerschlüssel in der Hand und ließ den hölzernen Klöppel einladend unter dem grobzackigen Schlüssel kreisen. Was solls, dachten wir. Immer noch besser, als eine weitere Nacht im Auto zu verbringen. Das Zimmer besaß ein Fenster zur Straße hin, sodass wir unser Fahrzeug immer im Blick hatten. Gerhard erklärte, er sei nicht bereit, auch nur einen Sous für diese Bruchbude auszugeben, schließlich hätten wir bei der Anmeldung unten nicht einmal einen Anmeldeschein ausfüllen müssen, und das allein sage schon genug. Nach einer unruhigen Nacht, in der wir befürchteten, von Wanzen oder Kakerlaken aufgefressen zu werden, warfen wir in den frühen Morgenstunden unser spärliches Gepäck aus dem Fenster. Es landete neben einem kleinen Gartenstück, in dem niedrige Pflanzen wuchsen. In diesen Garten ließen wir uns hineinfallen, nachdem wir zuvor umständlich, mit den Füßen voran, aus dem Fenster geklettert waren. Dann griffen wir unsere Sachen und rannten schnell über die Straße. Aber nicht einmal das Starten unseres Wagens schien das Hotelpersonal zu wecken. Mit knirschenden Reifen erreichten wir die Überlandstraße und setzten unsere Reise fort. Weiter an den flachen Weinfeldern vorbei, auf denen, soweit das Auge reichte, kleine Rebstöcke von der Sonne gestreichelt wurden. Dann verließen wir das Rhonetal und begaben uns in Richtung der Pyrenäen. Kurz vor der spanischen Grenze wurden wir in einen Unfall verwickelt. Ein nervöser Autofahrer hinter uns riskierte ein gewagtes Überholmanöver und Sekunden später flogen unzählige Fahrzeugteile durch die Luft. Wie durch ein Wunder fuhren wir durch die katapultierenden Karosserieteile hindurch, ohne anzuhalten, begleitet von einer Kassette auf der Creedence Clearwater Revival „Down on the Corner" trällerten, als wären sie Vorboten des Jüngsten Gerichts. Mann, haben wir Schwein gehabt, meinte Gerhard später mit einem leicht triumphierenden Unterton in der Stimme. Jetzt seien wir auch bald in Spanien und danach, hinter Barcelona, an der Costa Dorada, in Sitges, am Ziel unserer Reise.

Ich mache in der kalten Winterluft einen Spaziergang in die Feldmark. Am Saum des angrenzenden Waldes findet eine Invasion von Krähen statt. Die Luft ist plötzlich erfüllt von ihrem Geschrei und der Himmel gesprenkelt von ihren flatternden Körpern. Einige Raben haben es sich auf den kahlen Ästen der Bäume

bequem gemacht und spähen mit ihren kalten Augen über die weite Ebene. Es gibt Menschen, die glauben, dass diese Vögel die Sendboten des Todes sind. Ich bleibe stehen, bin ganz erstarrt und schaue gebannt auf das schaurige Treiben. Der Tod ist ein kalter Geselle, der uns wie ein Zauberer verschwinden lässt. Tauchen wir an einem anderen, unbestimmten Ort wieder auf oder bleiben wir für immer verschwunden?

10

Im Hotelzimmer in Sitges angekommen, fiel unser bisheriges Leben wie Staub von uns ab. Wir waren in einer neuen Welt gelandet. In einer Welt ohne Mona und Uschi, einer Welt des Südens, in denen fremde Gerüche durch die engen Gassen waberten, frisch wie unbekannte Früchte, intensiv wie betörendes Parfüm. Wir konnten den Wagen in einer der engen Seitenstraßen abstellen. Hier sei das Auto vor Beschädigungen sicher, meinte der Concierge. Wir müssten uns keine Sorgen machen.

Nachdem unsere Sachen ausgepackt waren, stellte ich meinen Kassettenrecorder auf das Nachtschränkchen. Batteriebetrieben war er von jeder Stromzufuhr unabhängig und wenig später säuselte Carly Simon ihr „You're So Vain" aus dem Lautsprecher. Ein Song, der zur Hymne dieses Urlaubs werden sollte, weil Gerhard dieses Lied, auf dem Bett liegend, immer wieder abspielte, mit einem sehnsüchtigen Blick, der auf einem unbekannten Fleck auf der Zimmerdecke ruhte. Du bist so eitel, so eingebildet, flüsterte er dann, mehr zu sich selbst, als zu seinem Gegenüber…und alles nur aus unerfüllter Liebe, aus nicht gestillter Lust!?

Aber wer war das Objekt seiner Begierde? Nun, sie hieß Karin und kam aus Uppsala in Schweden. Eine kleine brünette Person, die etwas Spitzbübisches in ihrem Blick hatte. Den Schalk im Nacken, wie man so schön sagt. Ihren großen, runden, braunen Augen war er verfallen. Das lag sicherlich an einer gewissen Ähnlichkeit, die sie mit seiner kleinen Französin Yvonne verband.

Karin und ihre Freundin Katharina lernten wir in einer der unzähligen Discos kennen, die sich im Altstadtkern von Sitges befanden. Der Hit der Saison hieß „Listen to the Music" von den Doobie Brothers. Als dieser Song aus den Lautsprechern schallte, sprangen wir auf die Tanzfläche, die von hin und her zappelnden Körpern nur so wimmelte. Beim nächsten Song tanzten wir die beiden Mädchen an, die sich wie in Ekstase bewegten. Dann legte der DJ Nilssons Super-Hit „Without You" auf und alle Dämme brachen. Wie in Trance griffen wir nach den Mädchen, umarmten sie und zogen sie zu uns heran. Eng umschlungen tanzten wir: Gerhard mit Karin und ich mit der blonden Katharina. Nilsson, dieser alte Hurensohn, habe es drauf, erzählte Gerhard, nachdem wir uns mit den beiden Mädels an einen Tisch gesetzt hatten. Diese schmalzigen Songs seien nichts weiter als Tarnung. In Wirklichkeit sei er ein Wolf im Schafspelz, ein ganz schlimmer Finger. Berühmt geworden durch das verlängerte Wochenende mit John Lennon – das mehrere Monate dauerte. Kiffen, saufen und huren. Das hatten sich die beiden Musikerfreunde auf die bekifften Fahnen geschrieben, nachdem Lennon sich von Yoko Ono getrennt hatte. Diese Trennung hatte bei ihm zu einer gewissen Orientierungslosigkeit, ja Haltlosigkeit, geführt. Zur Abrundung des Vergnügens gönnten die beiden sich ab und zu eine gepflegte Kneipenschlägerei, bei der Mobiliar ohne Ende zu Bruch ging. Als Lennon dann von all diesem Unsinn genug hatte, machte Nilsson einfach weiter, vermutlich bis zum heutigen Tag, erzählte Gerhard. Die beiden Mädels schüttelten ungläubig den Kopf, während sie mit ihren Trinkhalmen ihre bunten Cocktails schlürften. Nein, so etwas können sie nicht glauben und schon gar nicht von John Lennon. Okay, vielleicht hatte es sich Gerhard mit dieser Vorstellung bei Karin verscherzt, denn danach wollte sie nicht mehr mit ihm tanzen. Ich ergriff die Gelegenheit und schleppte sie zu Lee Michaels „Do You Know What I Mean" auf die Tanzfläche. Beim dritten Song, „Father and Son" von Cat Stevens nahm ich sie in den Arm und flüsterte ihr ins Ohr, dass niemand sich gerne seine Illusionen nehmen lassen wolle. Da nickte sie zustimmend und drückte ihren Körper noch fester an mich. Ihr Haar duftete nach Honig und frisch gemähtem Weizen.

Der Abend endete merkwürdig. Gerhards Blick wurde unter der vermehrten Einnahme von Whiskey-Cola immer schwiemliger und die vom ganzen Geschehen irritierte Katharina rückte immer weiter von ihm ab. Sie verkroch sich wie ein verschrecktes Tier in die hintere Ecke des Rundsofas und zog spitzmäulig und mit gesenktem Blick an ihrem Cocktail.

Irgendwann ließen Karin und ich die beiden sitzen. Wir wollten frische Luft schnappen, ein wenig vor die Tür gehen, meinte Karin, und kämen bald wieder zurück. Dann schlenderten wir händchenhaltend durch die spärlich beleuchteten Gassen bis zum Vorplatz der St. Bartholomäus Kirche.

Hier, auf der Klippe zum Meer hin, küssten wir uns das erste Mal. Als wir uns das nächste Mal umarmten, störte uns ein Polizist der Guardia Civil.

Er machte uns unmissverständlich klar, wenn wir unser unsittliches Verhalten nicht auf der Stelle, also unverzüglich ein-stellen würden, bliebe ihm nichts anderes übrig, als uns ins Gefängnis zu stecken. Zur

Untermalung seines Vortrags schwang er gebieterisch und mit Eleganz seinen Gummiknüppel. Augenblicklich nüchtern ließen wir voneinander ab und gingen, ohne uns an den Händen zu halten, die Stufen vom Kirchplatz in Richtung der Strandpromenade hinunter. Als wir die Palmen gesäumte Promenade verließen, gurrte Karin leise vor sich hin, als müsse sie ein lautes Lachen unterdrücken. Mir ging es genauso. Es war das Abbauen extremer Spannung. Einige Meter weiter ließen wir uns wie gelöst in den Sand fallen. Es war still. Nur das leise Gurgeln des Wassers war zu hören. Es umspülte träge den Sand. Karin drehte ihr Gesicht zu mir hin, ihr Mund berührte sachte meine Lippen. Ich spürte ihren heißen Atem auf der Haut meiner Wangen. Wir küssten uns so heftig, dass meine Zunge schmerzte. Im Hintergrund verteilte sich das Licht der Laternen auf das Pflaster der Strandpromenade. Nur ein schwacher Schimmer dieses Lichtes erreichte unsere Körper, die sanft verborgen im Halbschatten lagen. Als ich in den frühen Morgenstunden das Hotelzimmer betrat, lag Gerhard mit starrem Blick auf dem Bett und mein Kassettenrecorder plärrte mir anklagend sein „You're So Vain" ins Gesicht.

Er wolle nicht wissen, wo ich gewesen sei, obwohl ich versprochen hätte, nach dem Spaziergang wieder zurückzukommen. Von Karin und ihrem nun zerrütteten Verhältnis zu Katharina ganz zu schweigen. Am anderen Tag waren beide Mädels verschwunden. Wir klapperten alle neuralgischen Punkte im Ort ab. Keine Spur war von ihnen zu finden. Wir haben sie nie wiedergesehen. Was blieb mir von diesem letzten gemeinsamen Urlaub noch in Erinnerung? Vielleicht Gerhards nervöse Sorge um sein Fahrzeug, das ruhig und sicher stand, wovon wir uns jeden Tag überzeugten. Eines Nachmittags jedoch – wir lagen auf unseren Betten und dämmerten vor uns hin – knallte es in untermittelbarer Umgebung des Autos und Gerhard sprang wie von der Tarantel gestochen auf und riss mich mit. Gemeinsam stürzten wir nach draußen. Gerhard riss die Motorhaube auf und stellte sofort fest, dass der Knall mit unserem Fahrzeug nichts zu tun hatte. Es war alles in Ordnung. Einige Tage später wiederholte sich das Spiel. Ein Knall. Panik! Wenn der Wagen hier verrecke, kämen wir nie wieder nach Hause, schrie Gerhard hysterisch und stürzte nach draußen. Ich blieb im Zimmer und schaute aus dem Fenster. Ich sah, wie Gerhard die Motorhaube öffnete, und wieder schloss. Falscher Alarm. Einige Tage später machten wir uns ohne weitere dramatische Vorkommnisse auf den Weg nach Hause.

11

Am 1. Juli 1973 begleitete mich Mona zum Bahnhof. Gerhard hatte sich einige Tage vorher verabschiedet. Am 1. Juli hätte er keine Zeit, und noch weniger Lust, winkend auf dem Bahnsteig zu stehen. Mona half mir, meinen Koffer und eine kleine Reisetasche im Abteil zu deponieren, und dann verabschiedeten wir uns händchenhaltend, mit Tränen in den Augen. Es war gerade dunkel geworden und der Bahnsteig mit funzligen, fliegenverdreckten Laternen erhellt, als Mona mich abrupt von sich stieß, und wegrannte, ins Neonlicht der Bahnhofshalle hinein.

Wenig später fuhr der Zug ab. Ein Bundeswehrangehöriger bat mich freundlich, in meinem Abteil Platz zu nehmen. Es würde später eine Personenkontrolle durchgeführt, bei der alle auf ihren vorbestimmten Plätzen sitzen müssten. Die Reise dauere bis Hamburg zehn Stunden, meinte er, weil an verschiedenen Bahnhöfen noch Soldaten zusteigen würden.

Am nächsten Morgen, gegen 7 Uhr, stieg ich mit einer Handvoll Kameraden in Hamburg-Altona aus dem Zug. Wie ein Haufen verlorener standen wir auf dem Bahnsteig und warteten fröstelnd auf unseren Anschlusszug nach Westerland auf Sylt. Übernächtigt, empfanden wir die milden Temperaturen dieses Julimorgens als kalt, auch weil wir in Süddeutschland andere Temperaturen gewohnt waren. Ein aufkommender Wind blies weggeworfenes Papier und andere Abfälle über das Pflaster des Bahnsteiges.

Um 9 Uhr ging es weiter. Auf der langen Fahrt durch das flache Marschland verließen ständig zukünftige Soldaten den Zug, zuerst in Elmshorn, später in Bredstedt und Husum. Hinter Niebüll war ich der einzig Übriggebliebene im Abteil. Gegen Mittag lief der Zug in Westerland ein. Von dort nahm ich den Bus nach List, einer Ortschaft am nördlichsten Ende der Insel. Es war bereits 14 Uhr, als ich durch das Tor der Marineversorgungsschule schritt.

An der Pforte zum Kasernenhof übergab ich meinen Einberufungsbefehl einem Soldaten. Der Diensthabende studierte sorgfältig das Schreiben und griff dann zum Telefon. Mit sonorer Stimme erklärte er mir, dass ich gleich abgeholt werde. Ich solle ein paar Schritte auf den Platz hinausgehen und mich in Geduld üben.

Zehn Minuten später stand ich einer Person gegenüber, die mich, ohne sich vorzustellen, anherrschte. Was mir einfiele, erst heute, am 2. Juli, hier einzutreffen, wo mein Termin offensichtlich schon gestern war. Die Stimme gehörte einem großen, blonden Mann, der ein schiefsitzendes Hütchen, ein Schiffchen, auf dem Kopf trug. Unterhalb seiner Nase breitete sich zu beiden Seiten ein ansehnlicher Schnauzbart aus, der weit über seine Gesichtspartie hinausragte und an beiden Enden in Kaiser-Wilhelm-Manier aufgezwirbelt war. Ich griff in meine Jackentasche und brachte ein Papier zum Vorschein. Ein Schreiben des Kreiswehr-ersatzamtes, das mir befahl, mich am 1. Juli um 21 Uhr im Stuttgarter Hauptbahnhof einzufinden. Nun erwiderte ich dem großen Mann, dass es mir bislang nicht möglich wäre, an zwei Orten gleichzeitig zu sein, und drückte gleichzeitig mein Bedauern darüber aus. Vielleicht würde ich im Rahmen meiner Ausbildung diese Fähigkeit ja noch erlernen, ergänzte ich grinsend, bevor mir der Mann barsch über den Mund fuhr. Er stellte sich als Obermaat und mein Ausbilder vor und meinte, ich brauche mir nicht einzu-bilden, eine Sonderbehandlung von ihm zu erhalten, obwohl er mich nacheinander sowohl zur Kleiderkammer und zu den Unterkünften begleiten würde, um mich meinen Kameraden vorzustellen. Nein, vielmehr würde er sich mein Gesicht merken, also den heutigen Vorfall nicht vergessen, und entsprechend bei der nächsten Gelegenheit auf mich reagieren. Genau so kam es. Obermaat Duvner hatte mich auf dem Kieker und ließ in den nächsten Wochen keine Gelegenheit aus, mir heimzuzahlen, was ich ihm angetan hatte: die Untergrabung seiner Autorität.

Im August hatte ich bei H.B. Jensen in Westerland die neue Cat-Stevens-LP *Foreigner* gekauft. Eine LP, die eine Zeitenwende in mehrerer Hinsicht markierte. Zum einen für mich, der nun in der Fremde lebte, eintausend Kilometer von meiner Heimatstadt entfernt, und für Cat, der diese Platte auf Jamaika aufgenommen hatte, und seinen ehemaligen Folkstil in Richtung Soul nachhaltig veränderte. Ungewöhnlich, aber gut. Genau das richtige Geschenk für Mona, die in wenigen Tagen Geburtstag hatte.

Zwei Tage später traf ein Brief von ihr ein. Ein Abschiedsbrief. Sie habe in Irland Urlaub gemacht und dort einen faszinierenden, jungen Mann kennengelernt, der ihr nicht mehr aus dem Kopf ginge. Auch der junge Mann habe Feuer gefangen und noch im Urlaub sei man sich nähergekommen. Deswegen hätte ich keinen Platz mehr in ihrem Leben, zumal die Entfernung zwischen uns ohnehin unüberbrückbar wäre. Sie zog den Schlussstrich unter unsere Beziehung und wünschte mir für mein weiteres Leben viel Glück und Erfolg.

Ich war am Boden zerstört, packte die Schallplatte in meinen Rucksack und machte mich auf den Weg zum Weststrand. Die Sonne stand wie ein Feuerball am Himmel. Ich durchquerte die in der Hitze glühenden Dünentäler und erreichte den Strand am Nachmittag. An der Wellenlinie holte ich *Foreigner* aus der Tasche und warf die LP wie eine Frisbeescheibe ins Meer. Einen Moment schien sie auf dem Wasser zu rotieren, zu tänzeln. Dann verschwand sie im Wellengebirge.

12

Am 21.10.1973 erreichte mich der erste Brief von Gerhard.

Grüß Dich Simon!!
Ich schreibe heute zum ersten Mal seit zwei Jahren wieder einen Brief. Erstaunlich, nicht wahr? Ja, ich würde sagen, ich fange den Brief ganz konventionell an. Wie geht's Dir? Mir geht's auch schlecht. Habe ca. 2000 DM Schulden wegen meinem Auto. Es ist wieder ein Kadett. Läuft ganz gut, obgleich noch viel daran zu machen ist. Das Fahrzeug ist vielleicht 500 DM wert und dennoch habe ich ihn gekauft. Ich habe mich einfach übers Ohr hauen lassen.
Ich sitze hier bei meinem Bruder im Zimmer, im neuen Haus meiner Eltern, und schaue ab und zu zum Fenster hinaus. Die Sonne scheint und ein starker Wind weht (ich schätze Windstärke 7). Wie bezeichnet ihr die Windstärken? Ich habe die Kopfhörer auf und eben fängt eine neue Platte an (You're So Vain von Carly Simon). Da muss ich wieder an Spanien denken. Da habe ich die Platte im Hotelzimmer bis zum Gehtnichtmehr gehört, wenn Du nicht da warst und dabei romantisch geträumt. Da habe ich mir alles Mögliche in rosaroten Farben ausgemalt. Wie es sein könnte…? Ja, ich sitze hier und verfluche meine

Faulheit, denn wenn sie nicht wäre, könnte ich bereits in meinem Zimmer sitzen. Ich freue mich schon darauf. Ich verrate Dir jetzt nicht, wie es aussehen wird, wenn es fertig ist. Da musst Du schon mal vorbeikommen und es dir ansehen. Ich hoffe, Du kommst vor Ende 1974 mal bei mir vorbei. Normalerweise wäre ich jetzt bei Uschi aber ich habe Ihr gesagt, dass ich heute mein Zimmer tapezieren muss, und da meinte sie, dann könne sie ebenso etwas mit ihren Eltern unternehmen, und dann würden wir uns eben am Dienstag wiedersehen.

Jetzt sitze ich hier und tapeziere mein Zimmer nicht, weil ich zu faul war die Tapeten zu bestellen. Ha, die Sonne verschwindet und Wolken ziehen auf. Ich glaube, heute wird es noch regnen. Gerade sehe ich Leute mit aufgespannten Regenschirmen und meine Mutter kommt mit einem Staubsauger herein und saugt Dreck auf, den ich nicht sehe. Ist wahrscheinlich imaginärer Staub.

So habe ich noch nie einen Brief geschrieben. Ich meine damit, dass ich Begebenheiten aufschreibe, die während des Schreibens passieren. Finde das gar nicht so schlecht. Ich komme mir dabei vor, als würde ich mit Dir sprechen. Seit heute Morgen habe ich das Gefühl, als würden einige Schicksalsschläge auf mich warten in nächster Zukunft. Ich nehme an, in Bezug auf den Unfall in Frankreich/Spanien und in Bezug auf Geld. Ich bin total verschuldet. Für das Auto muss ich noch 1800 DM zahlen, monatlich 100 DM. Auf meinem Konto stehen 500 DM minus. Demnächst. Ich sage Dir dann, wenn es soweit ist. Ich hoffe, nie. (There Are Clouds in My Coffee – Carly Simon). Ja, ich muss abwarten, was letztendlich passiert?

Nun, kurz zum Unfall. Ich habe Dich als Zeugen angegeben und zum Unfallhergang folgendes gesagt: Beim Beginn der zweispurigen Straße mit einer zusätzlichen Spur des Gegenverkehrs, getrennt durch eine durchgehende Linie, wollte ich einen vor mir fahrenden PKW überholen, unter Beachtung der Verkehrsvorschriften (Außenspiegel schauen, Blinker setzen, Schulterblick). Beim Überholvorgang hast du mich dann darauf hingewiesen, dass mich jemand überholen wollte, auf der Spur der Gegenfahrbahn. Da habe ich gebremst und bin wieder hinter den PKW vor mir gezogen, damit der überholende Fiat Gelegenheit hat, wieder einzuscheren. Aber es hat ihm nicht mehr gereicht. Ich habe nach dem Unfall angehalten, um mich als Zeuge zu melden, aber als alle Beteiligten mich ignoriert haben, bin ich weitergefahren. Der Unfall ereignete sich ca. 4 km vor der spanischen Grenze. Also, die werden

Dich wegen des Unfalls auf jeden Fall noch einmal befragen? Sei gefasst!!

In Stuttgart gibt es nichts Erwähnenswertes. Mona habe ich seitdem nicht mehr gesehen. Ich muss sie bei Gelegenheit mal anrufen.

Du willst doch nächstes Jahr nach Schweden trampen. Hättest du was dagegen, wenn ich vielleicht mitfahre?

Mensch, einen so langen Brief habe ich noch nie geschrieben. Ich staune über mich selbst, aber jetzt geht mir langsam der Stoff aus, und ich mache Schluss für heute und fahre doch noch zu Uschi. Bei dem Scheißwetter sind ihre Eltern sicher zu Hause geblieben. Jetzt ist Yellow Boomerang von Middle of the Road auf dem Kopfhörer. Wie heißt dein Spitzenreiter momentan? Wie dem auch sei, ich mache Schluss für heute und grüße Dich.

Dein Gerhard

Forsthausen, den 25.11.1973

Hallo Simon!
Im Moment habe ich einen Kater. Ich war gestern bei einer Verlobung eingeladen und da habe ich offenbar zu viel Wein getrunken. Ich werde mich nie wieder mit Wein besaufen, nur noch mit

Whiskey–Cola. You're So Vain. Immer diese Erinnerungen an Spanien. War riesig.

Am Donnerstag war ich das erste Mal wieder bei Mona seit damals. Sie hat sich geändert in punkto Weltanschauung und Emanzipation. Aber genauso eigensinnig ist sie immer noch. Emerson, Lake and Palmers Lucky Man läuft gerade auf dem Band. Es ist herrlich hier in meinem Zimmer. Es ist jetzt fertig, bis auf den Stromanschluss und die Dimmer und natürlich die Einrichtung. Die bekomme ich vielleicht in drei bis vier Jahren, wenn ich mehr Kleingeld habe. Ich kann von hier genau zum Wald hinüberschauen. Davor sind Wiesen und ein paar Obstbäume. Wenn du mal vorbei kommst, kannst du alles persönlich beurteilen!?

Oh klasse: Sheila von Thommy Roe. Das Schlagzeug ist einmalig!!

In 3 bis 4 Tagen habe ich eine Überraschung für Dich, über die Du Dich wahrscheinlich nur teilweise freuen kannst!?

Ja, ich habe Mona die Geschichte mit Deinem Geburtstagsgeschenk erzählt, also die Sache mit dem Wurf ins Meer. Sie meinte, wegen ihres Briefes hätte sie kein Geschenk bekommen. Sie verstand nicht, warum du es ins Meer geworfen hast?!

Jetzt läuft Death of a Clown von Dave Davies.
Also, ich verstehe Dich, ich kann es nur zu gut
verstehen.

Kennst Du noch Doris oder Dorle aus dem Take
Five? Ich bin in letzter Zeit, nachdem es mit
Uschi Schluss ist (kein Kommentar), oft bei ihr.
Sie ist so etwas wie ein zweiter Simon (ha, ha) für
mich geworden. Ich verstehe mich mit ihr sehr
gut. Es ist eine richtige gute Kameradschaft
geworden.

Frydjed Pink spielen ihr House of the Rising Sun
in meinem Kopfhörer. Diese Aufnahme ist viel
besser als das Original von den Animals.

Ja, durch Dorle bin ich nicht mehr ganz so
einsam. Gefühle lassen sich eben schlecht
beschreiben.

Vor kurzem war ich bei Deinen Eltern und da
wollten sie von mir wissen, ob du Weihnachten
nach Hause kommst. Du könntest doch mit zwei
oder drei Tagen Urlaub und der
Weihnachtsdienstbefreiung runter kommen?

Dieses Jahr kann ich Dich nicht mehr besuchen,
wegen dem Sonntagsfahrverbot. Ich müsste ja
gerade sonntags wieder zurückfahren, aber, wie
schon erwähnt, könntest du an Weihnachten ja
kommen!?

One and One Is One.

Mittlerweile ist es draußen dunkel geworden. Es
regnet wieder. Es scheint so, als ob es immer

regnet, wenn ich Dir schreibe. Übrigens, du kannst mir ruhig längere Briefe schreiben. Ich lese nämlich sehr gern, besonders Briefe, da wird mir bestimmt nicht langweilig. Ich musste diese Woche an unsere Ausflüge denken. Besonders an den ins Monbachtal. Ich vermisse diese Ausflüge und auch unsere Partys. Es fehlt mir alles sehr und besonders Du. Ich muss immerzu an diese Zeiten denken. Schade. Alles ist vergänglich. Jetzt läuft Smoke on the Water von…Eben kommt mein Bruder ins Zimmer und schreit, dieser Song sei von Deep Purple.

Vielen Dank für Deinen Brief und Deine Karte. Die Karte hat mich daran erinnert, dass es langsam Zeit ist, Dir wieder zu schreiben. Wenn ich nur nicht so schreibfaul wäre?!

Take a Letter to Maria von Wilson Pickett läuft. Sie ist eine meiner Lieblingsplatten. Vielleicht lasse ich sie nachher nochmal laufen. In letzter Zeit bin ich schwer am Platten sammeln. Meistens nur Platten, die mir gefallen, natürlich. Meist seltene Stücke, nicht das übliche Bla Bla. Angefangen von Crimson and Clover bis zu Wight Is Wight von Michel Delpech. Einige sehr dufte Instrumentalaufnahmen runden das Ganze ab.

Ja, du bist auf dem Holzweg, wenn du annimmst, ich sammle nur noch oder immer noch Creedence Clearwater Revival. Ich sammle sie natürlich, be-

sonders ihre alten Platten, aber nicht nur diesen Stil. Ich bin ganz von Bubble-Gum- und High-Life-Musik abgekommen.

Na, ich geb es zu, nicht ganz, weils immer noch dufte Aufnahmen sind. Aber ich höre sie nicht mehr so oft, sondern andere wie Moonshadow oder Lady D`Arbanville von Cat Stevens.

Wenn du mir das nächste Mal schreibst, schick mir bitte die Fotos oder Dias vom Spanienurlaub mit. Ich würde mich sehr freuen. Mir geht langsam der Stoff aus und ich weiß nicht mehr, was ich schreiben soll. Ich mach jetzt Schluss für heute. Also, bis zum nächsten Mal.

Tschüss, Gerhard

Forsthausen, den 2.12.1973

Hallo Simon!
Grüß Dich. Na, was solls? Lange Rede, kurzer Sinn. Statt der versprochenen 3-4 Tage hat es eben 6-7 Tage gedauert. Dorle würde jetzt sagen, what shalls. Ich hoffe, es macht nichts, wenn sich meine Überraschung etwas verspätet hat. Außerdem hoffe ich, dass die Überraschung auch eine Überraschung ist. Wenn nicht, habe ich eben Pech gehabt. Nun denn, wie ich oben schon schrieb. Voilà!! Foreigner von Cat Stevens!!!

Wenn Dir die Kassette aus irgendeinem Grund nicht gefallen sollte (hihi), wirf sie weg. Möglichst ins Meer. Ursprünglich wollte ich Dir ja die LP schicken, dann habe ich aber erfahren, dass es sie auch auf Kassette gibt. Mit der LP hättest du gar nichts anfangen können, weil Du nur einen Kassettenrecorder besitzt. So kannst Du Dir sie wenigstens anhören.

Oh, was höre ich im Augenblick? Peace Train. Von wem? Na, von wem schon? Natürlich von Cat Stevens. Sie gefällt mir wirklich gut. Bei Dorle höre ich meistens Cat Stevens, weil ich, abgesehen von ein paar Bandaufnahmen, keine Cat-Stevens-Scheiben besitze. Und weiter geht's mit: Where Do the Children Play. Foreigner ist in Stereo aufgenommen, mit einem speziellen Rauschunterdrückungsverfahren Dolby genannt. Bei diesem Verfahren werden die hohen Töne bei der Aufnahme sehr schwach aufgenommen und bei der Wiedergabe wieder verstärkt. Das Rauschen ist immer nur in den hohen Tönen vorhanden. Deinem Kassettenrecorder macht das aber nichts. Du hast ja einen Monorecorder. Wenn Du sie aber Stereo hören willst, brauchst Du einen Recorder der nach dem Dolby-Verfahren funktioniert, sonst hörst Du von der Aufnahme so gut wie nichts. Na ja, ich will hier keinen Vortrag über Recorder, Mono und Stereo

Halten. Ich wollte es nur kurz schreiben, damit Du Bescheid weißt. Ist doch ein spezielles Hobby von mir, wie Du weißt.

Mir geht langsam das Schreibpapier aus. Habe auch noch kein neues, weil ich mir keines leisten kann (1000 DM Schulden, ohne Auto) und so habe ich mir einfach aus einem Block ein paar Seiten herausgerissen. Aber ich hoffe, es stört Dich nicht.

Heute regnet es ausnahmsweise nicht. Bei uns liegen ca. 35 cm Schnee und gestern haben wir bei Temperaturen von minus 15 Grad ganz schön gefroren. Wie sieht es bei euch da oben aus? Ist die Nordsee schon zugefroren? Was machst Du am Wochenende, jetzt, wo die ganzen Urlauber weg sind?

Jetzt trällern die Sputniks: If You Could Read My Mind. Ich werde ich mir jetzt mal ein Zigarillo genehmigen und einen guten Whiskey dazu. Schmeckt zur Abwechslung ganz gut (einem geschenkten Gaul schaut man nicht ins Maul, haha). Ich freue mich schon auf den Sommer, wo ich meinen Whiskey dann auf dem Balkon trinken werde und den Ausblick zum Wald hin genießen kann – und die lauen Sommernächte und Oh, Clair von Gilbert O'Sullivan hören und an unsere Ausflüge zurückdenken und träumen von diesen schönen Zeiten. Schade drum!!!!

Jetzt läuft auf meinem Band gerade Nights in White Satin…Riesig.

Die Lieder, die du immer zwischendrin in meinem Brief findest, laufen währenddessen ich schreibe, und damit Du sie im Geiste vielleicht mithören kannst. Mit Musik Briefe schreiben, finde ich riesig. Das bringt einen so schön in Stimmung.

So, ich mache jetzt Schluss für heute. Es ist bereits 22 Uhr und ich muss morgen wieder früh raus. Bis zum nächsten Mal und nochmals alles Gute.

Tschüss, Gerhard

13

Im März 1974 trat ich meine erste Heimreise nach Stuttgart an. Am Bahnhof angekommen, führte mich mein Weg erst mal zur *Lerche*, einem Schallplattenladen in der Königsstraße. Dort holte ich mir die neue Elton-John-LP *Goodbye Yellow Brick Road*, die ich bereits bei H.B. Jensen in Westerland probegehört hatte.

In meinem Jugendzimmer wartete nämlich mein Schallplattenspieler auf mich. Elton auf dem Cover mit Plateauabsätzen, der aus einer kargen Maueröffnung in eine bunt schillernde Landschaft tritt, in Kulissen, die irgendwie an den *Zauberer von Oz* erinnerten. Im Booklet lümmelte er, mit Brille, lässig auf einer verschnörkelten Gartenbank. Seit ich Elton hörte, trug ich meine eigene Brille gern. Er zeigte mir, dass auch ein Typ mit Brille es schaffen konnte. Zu Hause verbrachte ich die ersten Tage in meinem Zimmer und hörte die Doppel-LP hoch und runter: „Saturday Night's Alright For Fighting". Fantastisch!!

Dann kreuzte Gerhard auf und wir begannen, Pläne zu schmieden. Wir wollten die nächsten Tage optimal nutzen. Nebenbei wollte ich mich mit Mona verabreden. Es stand noch einiges zwischen uns, das einer Klärung bedurfte. „Harmony".

Ich ging zur Telefonzelle und rief sie an. Wir gerieten bereits nach kurzer Zeit wieder ins Plaudern – wie in unserer ersten Zeit, in der ich stundenlang in irgendwelchen Telefonzellen der Stadt mit ihr redete. Wir verabredeten uns für den nächsten Abend, wobei sie kurz erwähnte, dass sie wieder liiert sei. Aber ihr Freund hätte sicherlich nichts dagegen, wenn sie einmal mit einer alten Flamme ausgehen würde. Außerdem, wenn sie recht überlege, brauche er auch nicht alles zu wissen. Jeder hätte schließlich seine kleinen Geheimnisse.

Es wurde ein schöner Abend. Wir schwelgten gemeinsam in Erinnerungen. Dann erzählte ich ihr von den neuen Zeiten, der Insel und nicht zuletzt von der Schallplatte, die ich ins Meer geworfen hatte. Irgendwann wurde mir bewusst, dass wir uns auf einer neuen Ebene befanden. Einer Ebene der Freundschaft, auf der man ungezwungen über alles reden konnte. Wir verabschiedeten uns wie alte Freunde und beschlossen, uns zukünftig Briefe zu schreiben.

Gerhard führte mich Tage später in eine Discothek außerhalb der Stadt, wo er aushilfsweise als Discjockey arbeitete und sich ‚Mike' nannte. An der Bar angekommen, erzählte er mir eine Geschichte, die er erlebt hatte, als er als Anhalter unterwegs war. Er berichtete offen über pikante Details:

Zwei junge Frauen hatten ihn in ihrem Sportwagen mitgenommen. Ausgesprochen gutsituierte Frauen seien das gewesen, vielleicht fünf Jahre älter als er, und sie hätten gar nicht lange mit sich reden lassen und ihm gleich angeboten, sie in ihr Wochenendhaus am Starnberger See zu begleiten. In dem Haus – von der Terrasse hatte man einen wunderbaren Blick auf den See, was aber in diesem Fall nebensächlich gewesen sei – saßen sie zuerst artig, mit einem Drink an den Lippen, vor dem großen Panoramafenster und schauten auf die schaukelnden Wellen.

Dann, zwei oder drei Drinks später, ging es richtig zur Sache. Eine der Frauen hatte geduscht und sich nicht geniert, sich danach nackt auf seinen Schoß zu setzen. Den Anblick ihrer noch feuchten Brustwarzen direkt vor seinem Mund werde er wohl niemals vergessen. Er wagte es dann, unter dem Einfluss von Alkohol, seinen Kopf zu drehen und mit seinen Lippen ihre Brustwarzen zu liebkosen, was bei ihr ein kieksendes Lachen auslöste, während die andere Frau im Badezimmer verschwand. Er wurde indes immer mutiger und stieß sie irgendwann auf die nächstgelegene Couch, eher eine weiträumige Couchlandschaft mit allerlei Kissen unterschiedlicher Größe und Form. Die Frau ließ sich mit dem Kopf auf eines der Kissen betten, ihre Augen ganz schmal und leuchtend, wie Scheinwerfer in der Nacht. Draußen dämmerte es bereits, als er sich der Frau wie in einem Fieberwahn näherte, nachdem er niemals zuvor, das müsse ich ihm glauben, so schnell aus seinen Hosen gestiegen war. Er krabbelte auf allen Vieren über die Matratze zu ihr hin. Irgendwann kam die andere Frau aus dem Badezimmer und näherte sich ihm, fast unbemerkt. Sie schlich sich wie eine Raubkatze an und biss ihm kurz und fest in den Nacken, so dass er vor Schmerz aufschrie, während er ihre Freundin penetrierte. Dann strich sie ihm mit beiden Händen über den Bauch und drückte von hinten ihren festen Körper gegen seinen auf die stöhnende Freundin.

Auf diese Weise hätten sie zwei Tage ihren Spaß gehabt. Ja, es war unglaublich...aber wahr. Fast wie in einem Film. So etwas hätte er vorher nie erlebt, außer in seinen Träumen vielleicht. Ich muss ihn bei seiner Erzählung ungläubig angestarrt haben, denn er beteuerte noch eine ganze Zeit vehement, dass sich alles wirklich so zugetragen hatte. Die Frauen kauften ihm sogar noch eine Fahrkarte, sodass er den größten Teil seiner Heimreise per Zug antreten konnte. Ich gab ihm zu verstehen, dass diese Szenerie, die er so ausgiebig beschrieben hatte, ebenso gut in einem Softporno aufgehoben wäre, und fragte mich ständig, warum er mir das alles überhaupt erzählte.

Jedenfalls begannen wir an diesem Abend auch Pläne für unsere geplante Sommerreise zu schmieden. Ich hatte angekündigt, durch Schweden trampen zu wollen, und Gerhard war begierig darauf, sich anzuschließen.

In Helsingør wollten wir an Bord der Schwedenfähre gehen und nach Helsingborg übersetzen.

Alles in allem würden wir fantastische Erlebnisse haben, meinte Gerhard.

Jetzt sitze ich, Jahrzehnte später, an unserem großen Panoramafenster und starre auf die winterliche Landschaft. Gedankenverloren bemerke ich nicht gleich, dass meine Frau mir ihren Arm sanft auf die Schulter legt. Ich mache in der letzten Zeit einen so traurigen Eindruck, meint sie. Sie könne durchaus diese Form der Trauer verstehen und möchte in diesem Zusammenhang wissen, was mir besonders

fehle. Denn Trauer sei immer die Bewusstwerdung eines Verlustes. Der Freund hätte doch in den letzten Jahren, im letzten Jahrzehnt, wenig von sich hören lassen. Es gehe um eine andere Zeit, um eine weit zurückliegende, antworte ich, und da fehle mir die andere Perspektive, der Blick des Anderen auf die Geschehnisse.

14

Forsthausen, den 27. und 28.5. 1974

Hallo Simon!!

Na ja, was soll's. Ich möchte mich nicht entschuldigen, obwohl ich es eigentlich sollte. Ich habe sehr lange nicht geschrieben. Warum? Ich weiß es nicht. Unter anderem, weil ich schreibfaul bin. Ich hoffe, du verzeihst mir nochmal.
So! Nun möchte ich mich noch für die 30 DM bedanken, die du mir zu meinem Geburtstag geschickt hast. Zu dem Zeitpunkt war ich etwas in Geldnot und konnte das Geld gut gebrauchen. Junge Junge, mir fällt jetzt jede Menge ein, was ich schreiben könnte, aber wenn ich alles schreiben würde, wäre ich nach drei Tagen ununterbrochenen Schreibens immer noch nicht fertig.
Ja, ich kann's halt nicht lassen. Aber im Moment läuft auf meinem Plattenteller eine Erinnerung an Spanien (Killing Me Softly With His Song) Nun fällt mir doch noch eine Entschuldigung für meine Schreibfaulheit ein. Als Discjockey hat man sehr wenig Zeit. Normal schreibe ich meine Briefe sonntags, so wie heute, aber jedes Mal kam was dazwischen.
Mit den Frauen läuft es in letzter Zeit etwas besser,

seit ich in einer neuen Discothek arbeite. Seit einer Woche auch nicht mehr, bin im Moment meinen Job mal wieder los. Na ja, was soll's. Der übliche Selbstbetrug.

Auf der anderen Seite habe ich ein Mädchen kennengelernt, das ca. 3 cm größer ist als ich. Sie sieht sehr gut aus!

Ja, und…ich bin verliebt in sie!!

Sie hat dunkles Haar, eine sehr gute Figur. Ich weiß nicht, ob sie auch in mich verliebt ist? Sie sah mich ein paarmal so eigenartig an. Ich weiß nicht, was ich davon halten soll. Ich war schon mit ihr aus und auch bei ihr zu Hause. Andere Jungs sah sie genauso an wie mich…aber die kleinen bzw. die großen Unterschiede sind mir dennoch aufgefallen. Gefühle lassen sich eben nicht beschreiben (wir sprechen noch darüber!?) Sie behauptet auch, andere Jungs angeschaut zu haben. Stimmt. Aber, wie ich selbst gesehen habe, war da ein Unterschied zwischen mir und den anderen, in ihrem Blick. Ihre Augen solltest du mal sehen?! Da wird dir ganz anders. Ja, ich geb's ja zu, ich bin sehr verliebt, aber wenn sie meine Gefühle nun nicht erwidert? Na ja, wir reden noch darüber. Okay?

Ich versuche Dich schon seit sage und schreibe fünf Wochen anzurufen, aber die Heinis in deiner Kaserne konnten dich nicht finden. Also, entweder bist du unterwegs (vielleicht an deinem Arbeitsplatz oder sonst irgendwo wo auf dem

Flugplatzgelände). Schreib mir doch bitte deine genaue Adresse mit Stuben-Nr. usw. genau auf. Ich kenne deine neue Einheit mit den entsprechenden Dienstgraden fast auswendig. Ich bin mit deinem neuen Kommandanten fast per du, aber Dich habe ich noch nicht erreicht. So, jetzt gehe ich ins Bett und schreibe morgen weiter. Es ist nämlich bereits 10 Minuten nach Mitternacht.

31.5.1974

Heute ist zwar nicht morgen, aber immerhin habe ich mich zum Schreiben durchringen können. Na ja, du weißt ja, ich bin unheimlich schreibfaul. Jetzt sitze ich wieder allein zu Hause, habe kein Geld zum Weggehen. Wie ich unseren Urlaub finanzieren soll, ist mir noch ein Rätsel. Ich habe mich nämlich entschlossen, dich mit dem Auto abzuholen. Ich hörte von einem guten Freund, dass Trampen in Schweden nicht so einfach ist. Da muss man schon verfluchtes Glück haben, um überhaupt mitgenommen zu werden. Darauf bin ich nicht sonderlich scharf. Also, schreib mir doch bitte, wie viel Geld du mitnimmst und was die Überfahrt mit dem Auto auf der Fähre kostet!?
Rate mal, was jetzt auf dem Band läuft? Weißt du's nicht? Hörst du's nicht? Na gut, ich will's Dir sagen: My Guitar.
Na, auf jeden Fall klappt das mit dem Urlaub. Ich

freue mich schon riesig drauf.

Meine große Liebe hat sich bisher nicht wieder gemeldet. Schade! Aber was kann ich dagegen tun. Ich hoffe zwar noch immer, aber ich glaube nicht, dass diese Geschichte noch aussichtsreich sein wird.

Ich beneide dich fast. Du bist weit weg da oben und selbstständig. Ich habe ständig Zoff mit meinen Eltern! Du weißt...die üblichen Reibereien. Ich hätte große Lust, mich freiwillig zur Bundeswehr zu melden, nur um wegzukommen. Weißt du, ich habe mich hier schon schwer geärgert und bin immer wieder von den Menschen enttäuscht worden. Jetzt will ich im Urlaub erst mal vergessen und dann, ach, das weißt du ja noch gar nicht?

Ich will in Stuttgart ein Restaurant pachten. Aber, wie es scheint, ist im Moment nichts frei. Außerdem möchte ich nicht zu groß anfangen. Wenn es nämlich schiefgeht, werde ich meines Lebens nicht mehr froh. Hier bei uns in Forsthausen könnte ich das Sportheim pachten. Ich glaube sogar, das ist das Richtige für mich. Nicht zu groß und nicht zu klein. Ich werde mich noch genau erkundigen, wegen Umsatz und so. Eine Bedienung und einen Koch brauche ich ja auch noch. Na ja, das soll meine Sorge sein. Ich erzähle dir dann alles, wenn ich oben bin...im Urlaub, in vier Wochen.

Mensch, jetzt habe ich keine Lust mehr zum Schreiben. Ich höre für heute auf und schreibe morgen, nein, wenn ich wieder Lust habe, weiter.

Also, bis dann…

17. Juni 1974 Tag der Deutschen Einheit

Tach Simon, da bin ich wieder. Ich habe immer noch keine Lust zum Schreiben, deshalb habe ich mir was einfallen lassen, nicht originell aber dafür faul. Ich schicke dir eine besprochene Kassette. Nach Gebrauch bitte wieder besprechen und an mich zurücksenden. Das spart eine Menge Briefschreiben!! Bitte nur eine Seite besprechen, die zweite Seite brauche ich noch wegen der Musik, die drauf ist. Nicht löschen!! Bitte antworte noch vor dem Urlaub!!!

Tschüss, Dein Gerhard

15

Nach Tagen des Regens und immerwährenden grauen Himmels ist heute endlich mal wieder ein goldener Herbsttag. Ich begebe mich in den Garten und harke Laub vom Rasen, der gesprenkelt ist von bunten Blättern, wie ein sorgfältig arrangiertes Tableau der Melancholie.

Lange Rede, kurzer Sinn. Es kam nie zu unserem gemeinsamen Urlaub. Ich habe drei, vielleicht sogar erst zwei Tage vor dem besagten Termin abgesagt.
Ich hatte meine Gründe, die bereits vorher bestanden, die Absage aber bewusst, aus Feigheit hinausgezögert. Dabei wäre alles gar nicht so schwierig gewesen. Ich hätte einfach das Band, das er mir geschickt hatte, besprechen und ihm, ohne Widerworte befürchten zu müssen, die ganze Geschichte erzählen können.
Zum Beispiel, dass ich mich im Herbst des Jahres 1973 wieder neu verliebt habe. In Westerland, in meiner Stammkneipe, dem Versteck. Er hätte mich bestimmt verstanden, wenn ich ihm alles erklärt hätte. Stell dir vor, lieber Gerhard, ja, so hätte ich

beginnen können: Du betrittst die Discothek und sie spielen „She's a Rainbow" von den Rolling Stones; weißt du, diesen Song mit dem Piano-gespielten Kinderreim am Anfang, und du siehst dieses Mädchen mit dem weizenblonden Haar und weißt...jetzt gibt es kein Entkommen mehr. Die oder keine.

Oh ja, er hätte es bestimmt verstanden, wenn ich ihm von den ersten Gesprächen mit ihr berichtet hätte, dem tiefen Verständnis zwischen uns. Von ihrer Liebe zur klassischen Musik und wie wir an der Kurmuschel in Westerland den Musikern zusahen – zuerst beim Stimmen ihrer Instrumente, und hinterher andächtig ihrer Musik lauschten und aufs Meer hinausschauten. Auf das Meer und den Horizont dahinter...unsere unbekannte, gemeinsame Zukunft. Wie wir in den Dünen lagen, sie mit ihrem Haar auf meinem nackten Bauch, und einfach nur in den Himmel schauten und auf die Möwen, die über uns ihre Kreise zogen.

Also, lieber Freund, hätte ich gesagt, es gibt nur dieses eine Leben und das ist begrenzt. Ich habe jetzt noch einmal die Möglichkeit, für zwei Wochen auf diese wunderschöne Insel zurückzukehren, um Zeit mit dieser

Frau zu verbringen, im Strandkorb zu liegen, zu träumen und alles…mitzunehmen, was sich mir bietet. Oh ja, Gerhard hätte das alles bestimmt verstanden. Aber hätte er es auch akzeptiert? Ich gebe zu, ich fürchtete mich vor seiner Reaktion, weil ich wusste, wie sehr er sich auf diesen Urlaub freute, und was er für ihn bedeutete. Ich schrieb ihm also, kurz bevor es losgehen sollte, eine Postkarte mit einer lapidaren Absage und hörte daraufhin fast ein Jahr nichts mehr von ihm.

16

Forsthausen, den 22.4.1975

Grüß Gott, Herr Obermaat in Spe!

Ich weiß, Du hörst es nicht gerne, aber deswegen erst recht. Sozusagen, die Rache des kleinen Mannes. Nun ja, wie gesagt: Grüß dich Simon!
Dieser Brief wird wahrscheinlich sehr lang werden. Ich habe nämlich eine Menge zu erzählen. Dass ich sauer auf Dich war, kannst Du Dir sicher vorstellen. Ich will mich gerade ins Auto setzen, da kommt Deine Karte bei mir an. Ich rein ins Auto um 17 Uhr und mit Vollgas ab die Post Richtung Norden, mit einer Mordswut im Bauch.
Gegen Mitternacht war ich in Hamburg, um 1 Uhr in Neumünster, um 2 Uhr in Flensburg, gegen 2 Uhr 30 endlich in Niebüll. Kein Zugverkehr nach Sylt mehr um diese Zeit. War ja klar. Ich schlafe ein paar Stunden im Auto. Am Fahrkartenschalter trifft mich fast der Schlag. Die wollen 60 DM für die Überfahrt (inklusive Auto) von mir haben. Aber ich dachte, dass die Insel sehr klein ist (wie sich später herausstellte, ein typischer Fall von Denkste) und deswegen wenig Autos auf der Insel sein werden. Ich spekulierte darauf, Dich mit dem Auto auf der Insel schneller

zu finden und zahlte murrend den Fahrpreis. Nach einer weiteren Nacht, die ich wiederum im Auto verbrachte, machte ich, dass ich so schnell wie möglich wieder von der Insel runterkam. Da war ich schon halb seekrank von der ewigen Schaukelei – durch den starken Wind. Gegessen hatte ich schon zwei Tage nichts mehr, war nicht rasiert und fand die Insel nur abscheulich.

Ich also wieder zurück, über Husum und dann nach Schleswig, da ich der Annahme war, Du hättest mich auf der Insel gesehen und wärst mir aus dem Weg gegangen. Da ich wusste, dass Du am nächsten Tag wieder in der Kaserne sein musstest, wollte ich vor dem Kasernentor auf Dich warten. Aber am Ortsschild von Schleswig machte ich wieder kehrt, weil ich für nichts garantieren konnte. Ich hätte Dich vermutlich in der Luft zerrissen. Nun ja, ich bin dann wieder zurückgefahren Richtung Süden zu meiner Cousine, die bei Nürnberg wohnt, und habe dort meinen restlichen Urlaub verbracht.

Das war's also in Kurzform über den Urlaub im letzten Jahr. Von da an hat mich das Pech verfolgt…bis heute.

Beim ersten Schnee 1974, ich glaube es war im November, habe ich mich mit meinem Kadett überschlagen. Ich bin nicht mal schnell gefahren, ca. 30 Km/h waren es. Beim Schalten vom dritten in den zweiten Gang ist es dann passiert. Durch den Schnee hatten die Reifen keine richtige Bodenhaftung mehr und blockierten durch die Bremswirkung der kleineren Getriebeüber-übersetzung. Der Wagen geriet ins Schleudern, rutschte eine Böschung hinunter und überschlug sich. Wenn ich damals angeschnallt gewesen wäre, gäbe es mich jetzt nicht mehr. Schade eigentlich, dann wäre mir einiges erspart geblieben.

Nun, das Dach des Autos wurde ca. 30 cm eingedrückt, wäre ich angeschnallt gewesen, hätte ich mich nicht mehr bewegen können und hätte mir das Genick gebrochen. So aber konnte ich mich in einer Reflexbewegung um 180 Grad drehen und saß hinterher in der Hocke zusammengekauert auf dem Kunststoffhimmel der Fahrzeugdecke. Totalschaden!!

Das Radio spielte noch und der Motor lief, die Räder drehten sich und die Scheinwerfer bestrahlten die Umgebung. Keine einzige Fensterscheibe ging zu Bruch. Ein Wunder!! Aber wie gesagt, die ganze Karosserie war im Eimer.

Anfang Dezember '74 habe ich mir wieder einen gebrauchten Kadett gekauft. Zwei Wochen später landete ich bei Glatteis wieder in einem Acker. Ich weiß heute noch nicht warum? Außer ein paar Kratzern im Blech ist Gott sei Dank nichts *passiert. Ich musste nur die halbe Nacht warten, bis einer vorbeikam und mich aus dem Acker zog. Anfang Februar '75 wurden mir meine neuen Reifen zerstochen. Wer weiß von wem? Ende Februar haben sie mir bei einer Verkehrskontrolle den Führerschein abgenommen wegen Alkohol am Steuer.*

Das kam so: Ich hatte im Laufe des Abends eine halbe Flasche Whiskey getrunken. Ja, manchmal vergisst man die guten Vorsätze eben. Also fuhr ich gegen Mitternacht von Stuttgart nach Hause. In der Reinsburgstraße glaubte ich, meinen Vater hinter mir, im Rückspiegel, zu sehen. Wahrscheinlich eine Halluzination. Es regnete in Strömen und mein Fahrzeug hatte nicht ausgewuchtete Ersatzreifen drauf, weil die anderen ja zerstochen waren.

Na ja, ich fing an, mit meinem vermeintlichen Vater Katz und Maus zu spielen und ließ das hinter mir fahrende Fahrzeug, einen Polizeiwagen, wie sich später herausstellte, fast auffahren und gab dann wieder Gas. Außerdem machte mein Auto immer Seitensprünge, wenn ich mit den nicht ausgewuchteten Reifen in eine Pfütze fuhr. Das legte mir die Polizei später als Schlangenlinienfahrt aus. Dann bin ich offensichtlich auch noch zu schnell gefahren. Schließlich überholten sie mich und hielten mich an. Es kamen die üblichen Fragen. Ob ich etwas getrunken hätte usw. Ich erzählte ihnen, dass ich zwei Glas Bier getrunken hätte und sie ließen mich in ein Röhrchen blasen. Das Ergebnis war nicht eindeutig und sie forderten mich auf, mit ihnen auf die Wache zu kommen. Dort durfte ich mir den Mund ausspülen und musste nochmal blasen. Wieder nicht eindeutig!?

Nach einigem hin und her meinte dann ein älterer Polizist, sicher ist sicher und empfahl, eine Blutprobe zu entnehmen. Sie nahmen mir den Führerschein und die Autoschlüssel ab und beschlagnahmten mein Auto. Dann ging es zur Blutprobe.

Am nächsten Tag konnte ich dann mein Auto wieder abholen. Allerdings durfte ich natürlich nicht fahren, sondern musste jemanden mitbringen der den Führerschein besaß.

Außerdem musste ich noch 100 DM für die Abschleppkosten bezahlen. Vierzehn Tage später erhielt ich dann meinen Führerschein wieder. Ich hatte Gott sei Dank nur 0,7 Promille. Die hatten bei der Untersuchung bestimmt meine Blutprobe verwechselt, denn nach all dem, was ich alles getrunken hatte, hätte ich mindestens 1,3 Promille haben müssen. Trotzdem war ich mit 100 DM Strafe dabei.

Nicht genug, es ging munter so weiter mit meinem Pech. Mitte März rief die Kriminalpolizei bei mir an: Ich sollte bei ihnen vorbeikommen. Im Präsidium wurde mir dann vorgeworfen, ich hätte einen schweren Diebstahl begangen. Einen Diebstahl mit Einbruch.

Also, Mitte Februar habe ich mit einem Freund, der am Ostendplatz wohnt, im Auto gesessen und mich mit ihm unterhalten. Mein Auto stand hinter dem Kiosk in der Hackstraße, ganz oben an der SSB-Haltestelle, am Friedhofseingang. Das war so gegen Mitternacht. In der Zwischenzeit hat jemand in dem Kiosk eingebrochen und ein Zeuge hat meine Autonummer angegeben. Er behauptete sogar, mit mir gesprochen zu haben. Aber die Kriminalpolizei machte keine Gegenüberstellung. Dafür nahm sie meine Fingerabdrücke und machte Fotos von mir. Genauso wie man das immer in den Kriminalfilmen sieht. Jetzt bin ich bei denen sozusagen in der Verbrecherkartei, obwohl ich absolut unschuldig bin.

Ende März haben sie mir dann mein neues Auto von vorne bis hinten mit einem Nagel zerkratzt und ich hatte es kurz zuvor neu lackieren lassen. Es geschah vor der Discothek, in der ich jetzt arbeite. Als Discjockey natürlich. Nebenberuflich versteht sich. Ja, Musik ist bei mir noch Trumpf. Ich stehe auf Cat Stevens, Gordon Lightfoot, Bob Dylan, auch auf Hannes Wader und Insterburg & Co. Von Hannes Wader gefällt mir Der Tankerkönig am besten. Außerdem stehe ich immer noch auf Lucky Man von Emerson, Lake and Palmer. Aber das nur so nebenbei.

Das Pech hat mich immer noch nicht verlassen. Erst gestern wurde mir wieder ein Reifen zerstochen. Ich weiß leider nicht, wer das immer ist. Wenn ich den erwische, dann zerreiße ich den in der Luft, im wahrsten Sinn des Wortes. Es war zwar dir zugedacht, aber ich habe Dir verziehen. Ich hoffe inständig, dass mein Pech endlich nachlässt. Ansonsten geht es mir eigentlich nicht schlecht. Ich wiege jetzt 77 kg und trainiere jede Woche fleißig, damit ich dem knochenharten Bundeswehrmann, der Du ja inzwischen bist, gewachsen bin. Nur mein Speckbauch ist geblieben. Den kriege ich einfach nicht weg. Den lasse ich bestimmt bald wegoperieren.

Unser Haus ist mittlerweile auch fertig (das Haus meiner Eltern), bis auf die obere Wohnung, aber die wird erst später, wenn wieder Geld vorhanden ist, fertiggemacht. Mein Zimmer ist auch fertig. Es fehlt eine Anbauwand noch und ein Plattenspieler. Aber das kommt in nächster Zukunft auch noch. Wenn Du, wie versprochen, zu Silvester tatsächlich nach Stuttgart kommen solltest, was mich sehr freuen würde, dann machen wir hier draußen eine riesen Fete für Dich und mit Dir. Ich hoffe doch sehr, dass Du kommst. Wenn's sein muss, schicke ich Dir das Fahrgeld für die Fahrt von Schleswig nach

Stuttgart. Die Rückfahrt müssest Du dann selber bezahlen. Gib bitte rechtzeitig Bescheid, damit ich die Fete organisieren kann. Wir haben hier schon ganz tolle Feten mit Spanferkel und Zelten im Wald gemacht. Auch in meinem Zimmer. Es war jedes Mal richtig klasse. Es sind zwischenzeitlich einige technische Neuerungen in meinem Zimmer eingebaut. Zum Beispiel, mein Ecktisch, aus dessen Tischplatte sich auf Knopfdruck die Bar erhebt. Für Partys sehr praktisch. Oder meine 6-Kanal-Lichtorgel, wie in einer Discothek. Na ja, Du wirst es ja sehen, wenn du an Silvester kommen solltest. Ich freue mich schon riesig drauf. Von Uschi soll ich Dich auch grüßen. Wir gehen zwar nicht mehr miteinander, aber sie ruft mich jede Woche regelmäßig an.

Mit Mona wäre ich vor vierzehn Tagen fast nach Schleswig gekommen. Sie musste aber arbeiten und konnte deshalb nicht. Ich glaube, sie liebt Dich immer noch. Ich habe sie dann auch zu einer Party in Reutlingen eingeladen, aber habe sie dann versetzt. Wie schlecht von mir!?! Sie hätte mich deshalb beinahe aufgefressen.

Diesen Sommer werde ich noch eine Party bei mir steigen lassen, dann ist Schluss bis Silvester. Ja, es gibt noch so viel zu schreiben, ich könnte noch einen ganzen Block vollschreiben. Aber das möchte ich mal alles mit Dir persönlich bereden, wenn du nach Stuttgart kommst. Also bis dann in, wie ich hoffe, alter Freundschaft. Bis zum nächsten Mal.

23.6.1975 16:45

PS. Bitte schicke mir doch die Kassette von mir wieder zurück. Besprech oder bespiele sie wenn möglich mit deiner Lieblingsmusik.

Tschüss, Gerhard

17

Forsthausen, den 6. Mai 1976

Hi, du fauler Sack!!

Dich jetzt mit Vorwürfen zu bombardieren, wäre unfair. Ich bin nämlich genauso schreibfaul wie Du. So, das war's erst mal für den Anfang. Übrigens, Deine Sauklaue ist kaum zu entziffern. So, jetzt will ich mal zu Deiner Bitte kommen, Dir die Live-LP von Cat Stevens, Saturday Night, zu besorgen! Du kriegst die Scheibe unter einer Bedingung?! Jetzt werde ich Dich mal eine Weile auf die Folter spannen. Das müsste eigentlich recht gut hinhauen, da ich ja noch den ganzen Brief zur Verfügung habe. Übrigens, Cat Stevens gibt am Dienstag, den 11.5. ein Konzert in Böblingen. Toll was?? Da bin ich voll dabei. Ich freue mich schon riesig drauf. Wenn Du willst, kann ich Dir ja noch eine Karte besorgen. Aber da der Brief ja doch zu spät bei Dir ankommt, war die Frage eigentlich überflüssig. Ich wollte nämlich nur die Seite vollkriegen, damit ich meine Bedingung von der anderen Seite auf diese jene Seite, auf der ich gerade schreibe, unterbringen kann...Na, ich überlege es mir noch mal. Ich schreib sie doch noch nicht. Get Back von den Beatles läuft gerade. Die Scheibe wurde zu oft gespielt. Ich kann sie nicht mehr hören.

20.6.76

So, jetzt stinkt mir der Filzschreiber aber. Jetzt schreibe ich mit meinem ersten, selbstgeklauten Kugelschreiber weiter.
So, jetzt wollen wir noch einmal auf Deine Bitte und meine Bedingung zurückkommen. Du bekommst die Scheibe von mir…wenn Du, ja, wenn Du was machst?
Das möchtest Du wohl gerne wissen?!
Na, ich will mal nicht so sein. Ich möchte von Dir meine Kassette wiederhaben.
Verstanden!
Bevor ich die Kassette nicht habe, bekommst Du Deinen Cat Stevens nicht von mir. Die Scheibe liegt übrigens schon vor mir.
Puh, jetzt bin ich ganz schön ins Schwitzen geraten. Bei uns herrschen Temperaturen von 35 Grad im Schatten. Ganz schön warm, was?
So, was soll ich jetzt noch erzählen?
Ach ja, Deine Eltern habe ich auf einer Autobahnraststätte getroffen. Ich war Ostern auf der Rückfahrt vom Chiemsee. Da sind wir zu sechst gewesen, unter anderem mit Mona und Uschi. Sonst wüsste ich nichts mehr zu schreiben. Damit beende ich meinen Brief und

bitte Dich, Simon, an meine Bitte zu denken und recht bald wieder zu schreiben. Also bis zum nächsten Mal.

Tschüss, Gerhard

Forsthausen, den 17.9. 1976

Hallo, my dear friend Simon!

Vielen Dank für Deinen Brief. Ich hätte nicht erwartet, dass Du so schnell antwortest. Ja, und was das Arschloch und den faulen Sack angeht, das war nicht ernst gemeint. Es war nur ein Scherz von mir. Ich hoffe, Du hast das nicht für bare Münze genommen und verzeihst mir noch mal. Ich bin nämlich auch ein fauler Sack und habe ebenso eine Sauklaue. Wegen den paar Briefen, die Du mir schreibst, hättest Du dir wirklich keine Schreibmaschine kaufen brauchen. Bis jetzt konnte ich Deine Briefe noch immer entziffern.
Du hast Dich mit der Schreibmaschine wegen mir in Unkosten gestürzt?
Das kann ich unmöglich zulassen. Anbei eine bescheidene Entschädigung für die Maschine (siehe Anlage) Scheiß verdammter Zynismus!!

Ich wollte Dir die Cat-Stevens-Scheibe sowieso schenken.

Weißt Du, ich versuche seit 2 Jahren meine Kassette von Dir zurückzubekommen und dachte, weil Du so ein großer Cat-Stevens-Fan bist, würde es endlich klappen. Was soll's, vergiss die Kassette und erfreue Dich an der Scheibe. Ich schenk sie Dir. Okay?

Alles wieder in Ordnung? Du bartloses Monster!!

So, jetzt möchte ich mal auf Weihnachten zu sprechen kommen. Du hast tatsächlich vor, an Weihnachten in Stuttgart aufzukreuzen? Du willst mich tatsächlich in meiner bescheidenen Hütte besuchen?

Ich kann es nicht glauben, nicht fassen. Ich freue mich riesig drauf. Und eine Frau bringst Du auch noch mit??!

Klasse!!! Dann kann ich endlich die Frau kennenlernen, die auf Dich Knallkopf reingefallen ist. Den letzten Satz bitte nicht zur Kenntnis nehmen. Ich bin bloß neidisch. Ich denke, ich werde mich mit ihr gut verstehen. Schreibe mir bitte nochmal kurz, wann ihr hier eintrefft. Okay, aber nicht erst einen Tag vorher, so wie Deine Karte von Sylt. Du weißt schon, was ich meine!!? Wir haben uns bestimmt viel zu erzählen. Das geht wirklich besser als von Kugelschreiber zu Farbband. Meine Versuche per Kassette sind ja

leider gescheitert, wie Du weißt. Also, wie gesagt,
ich freue mich wahnsinnig auf unser
Wiedersehen!!! So, jetzt werde ich eine kurze
Zigarettenpause einlegen und dann die Seite noch
zu Ende schreiben. Ich habe nämlich keine Lust
mehr zum Schreiben. Den Qualm kannst Du dir
ja denken – Pause. Neues aus dem Ländle gibt es
eigentlich nicht. Außer das Mona jetzt einen VW
hat und Uschi sich wieder verlobt hat.
Lass bald was von Dir hören.

Tschüss, Gerhard

18

Beim Lesen der erhaltenen Briefe mache ich die Erfahrung, dass es keinen Unterschied macht, die Mitteilungen eines Toten oder eines noch lebenden Menschen zu lesen. Beide werden in der Erinnerung wieder lebendig. Alles, was gespeichert ist, bleibt und ist am Ende das Unsterbliche.
An unser Treffen im Dezember 1976 habe ich keine Erinnerung. Darüber hinaus gibt es auch keine Briefe von Gerhard mehr.

Gesehen haben wir uns das nächste Mal im Frühjahr 1980. Inzwischen hatte sich um den Einzelgänger Simon eine kleine Familie gruppiert. Ich hatte meine langjährige Freundin Sarah geheiratet und wir hatten im Januar 1979 unser erstes Kind bekommen. Mit dem Finger auf der Landkarte hatten wir beschlossen, von Schleswig nach Lübeck zu ziehen, und wohnten, als Gerhard bei uns aufkreuzte, in einer kleinen Dachwohnung in der Nähe der Wakenitz.
Ich schaute gerade aus dem Fenster, als ein rotes Mercedes Cabriolet bei uns vor der Haustür einparkte, und ein sportlicher Mann mit Vollbart schwungvoll diesem Fahrzeug entstieg. Kein Zweifel, das war Gerhard, der

ein paar Tage vorher telefonisch sein Erscheinen angekündigt hatte. Sarah hatte am Telefon mit ihm gesprochen und mir berichtet, dass er ihr eine ungefähre Beschreibung seiner Person durchgegeben hatte: Er sei 180 cm lang, 86 Kg schwer, rotblond und Vollbartträger, flunkere manchmal und treibe üble Scherze mit seinen Mitmenschen, besonders mit Bekannten, und arbeite von Zeit zu Zeit als Discjockey. Ja, und dann höre er noch gerne Musik von unterschiedlichsten Musikern und Gruppen und ein Freund schöner Frauen sei er außerdem, wenngleich kein Weiberheld.

Dieser Mann klopfte nun an unsere Tür und nur wenige Augenblicke später, nach einer stürmischen Begrüßung, äußerte er sich erstaunt über die Größe unserer Wohnung. Er hätte sich nie vorstellen können, dass ich einmal in derartigen Verhältnissen leben könnte. In einer über die Maßen kleinen Wohnung, in der man in der Küche nicht einmal aufrecht stehen könne, zumindest am Fenster. Sarah reagierte gereizt auf derartige Äußerungen, die ihm bei ihr keine Sympathiepunkte einbrachten. Ein junges Ehepaar mit Kindern – sie war zu diesem Zeitpunkt bereits wieder schwanger – habe es nun einmal nicht einfach, eine bezahlbare Wohnung zu bekommen, und schon gar nicht in einer exponierten Wohngegend. Gerhard versuchte, die Wogen zu glätten und lud sie zu einer Spritztour mit seinem Mercedes Cabriolet ein, was sie nur noch mehr in Rage versetzte. Sie bezeichnete ihn als einen unsensiblen Großkotz, der glaube, mit Geld alles kaufen zu können. Dies, und das müsse er sich hinter die Ohren schreiben, sei nicht immer der Fall, und in diesem Haushalt schon gar nicht. Hier werde ausschließlich Fahrrad oder Stadtbus gefahren, und das sei gut so.

Gerhard war nach diesen Äußerungen etwas geknickt, weil er alles nicht so gemeint hätte, ja, man habe ihn schlichtweg falsch verstanden. Auch er hätte von Zeit zu Zeit unter Geldsorgen gelitten, was ich ja wohl bestätigen könne. Nur im Augenblick gehe es ihm etwas besser. Er sei Mitinhaber einer Discothek geworden, was genau sein Ding sei, und Discjockey natürlich und habe durch die aufgenommenen Kredite ein bisschen Luft nach oben. Allerdings – und das sei eben das Risiko – wisse man noch nicht, ob sich der Laden am Ende bezahlt mache. Wie dem auch sei, es wäre nicht alles Gold, was glänzt. Ja, Gerhard wollte die Wogen glätten, so wie es schon oft der Fall gewesen war. Erst polterte bei ihm der Ausbruch und hinterher tröpfelte die Entschuldigung.

Nach diesem Disput zogen wir Männer uns ins Wohnzimmer zurück und hörten Schallplatten. Ich hatte 1975 in Schleswig Van Morrison entdeckt mit der LP *Veedon Fleece* und meine Begeisterung für diese Scheibe kannte keine Grenzen. Das ist die LP, wo Morrison zwischen zwei kaledonischen Hirtenhunden sitzt, mit Anzug und Krawatte, und im Hintergrund ein Cottage in der Landschaft steht, verborgen hinter einem kleinen Wäldchen. Von da an ging ich auf Entdeckungsreise, die mich direkt zu *Astral Weeks* führte, seiner ersten Solo-LP unter eigener Regie. Also, ich legte *Veedon* auf und bat Gerhard für einen Moment um Konzentration. Einfach nur zuhören und genießen sollte er. Nach einigen Takten von „Fair Play" glaubte er bereits, sich eine Meinung gebildet zu haben. Nein, diese Musik sei überhaupt nicht sein Ding.

Plötzlich zog er aus seiner Brieftasche eine Fotografie. Er habe – und das wäre nicht unbedeutend – jetzt auch eine kleine Familie. Das müsse ich wissen. Der kleine Junge auf dem Foto sei der Sohn seiner neuen

Freundin, nein, seiner Verlobten und er wäre für diesen Jungen nun so etwas wie ein Vater, zumindest ein väterlicher Freund.

„Streets of Arklow". Van Morrison war in irischen Gestaden unterwegs und zwang damit Gerhard ein müdes Lächeln ins Gesicht, während ich mir Gerhards Fotografie in Ruhe und mit Interesse ansah: Es zeigte das perfekt gekleidete Paar, Gerhard und Ramona, mit einem kleinen Jungen in ihrer Mitte, der sich scheu an seiner Mutter anlehnte. Ich enthielt mich eines Kommentars und reichte ihm das Foto, begleitet von einer Floskel wie ‚schön' oder so ähnlich, wieder zurück.

Dann unternahm ich einen weiteren Versuch mit Van Morrison und dem Meisterwerk *Into the Music*, um die Vielseitigkeit dieses ungewöhnlichen Musikers zu demonstrieren, woraufhin er mich nach ungefähr zehn Minuten bat, diese grässliche Musik abzustellen, denn er befürchtete einen Hautausschlag bzw. noch schlimmer, Herpes, von diesem grässlichen Gejaule zu bekommen.

Am nächsten Morgen, nach dem Frühstück, schob er sich seine Sonnenbrille auf die Stirn und verabschiedete sich von uns.

19

Es war Mitte der achtziger Jahre, als wir uns das nächste Mal trafen. Inzwischen lebte Gerhard mit seiner Verlobten Ramona und dem Jungen in einer Wohnung in einem kleinen Ort in der Nähe von Böblingen.

Wir verabredeten uns in Vaihingen, wo er inzwischen bei einer Brauerei in der Verkaufsabteilung arbeitete. Ich passierte das Eingangstor zu einem Parkplatzgelände, als ich ihn zwischen den Autos entdeckte. Er winkte mich zu sich, wir umarmten uns kurz, dann bat er mich, ihm beim Verstauen von zwei Kisten Bier zu helfen. Sein wöchentliches Deputat. Mit wenigen Handbewegungen machte er in seinem Kofferraum Platz, nahm zwei Flaschen aus einer Kiste und übereichte mir eine davon – als Reiseproviant. Wir seien schließlich mehr als eine halbe Stunde unterwegs. Ich lehnte ab. Ich kann heute noch kein Bier aus Flaschen trinken und ein Glas oder ein Becher stand uns nicht zur Verfügung. Außerdem, so während der Autofahrt, diesem fortwährenden Geruckel und Gebremse ausgesetzt, auf diesen vorstädtischen Straßen, wo alle zweihundert Meter eine Ampel auftaucht, das wäre absolut nicht mein Ding, erklärte ich. Gerhard stieß mürrisch seine Fahrertür auf. Mit einer wegwerfenden Handbewegung bat er mich, auf dem Beifahrersitz Platz zu nehmen. Dann öffnete er die erste Flasche Bier und nahm einen kräftigen Schluck. Durst sei schlimmer als Heimweh, bemerkte er süffisant, während er mit einem Lächeln sein Fahrzeug startete. Als wir bei ihm zu Hause ankamen, hatte er die beiden Flaschen geleert und ich half ihm, das restliche Bier in der Küche zu verstauen. Er nahm zwei Flaschen aus der Kiste und bot mir eine davon an – mit Glas – was ich nun dankbar annahm. Wir könnten uns hier einen gemütlichen Abend machen. Ramona und der Junge seien unterwegs, kämen aber später auch noch dazu. Oberhalb der Straße gebe es ein Gasthaus, in dem wir zu Abend essen könnten, und morgen, in aller Herrgottsfrühe, würde er mich wieder zurückfahren bzw. an einer Straßen-bahnhaltestelle in Vaihingen absetzen. So war der Plan.

Während einer weiteren Flasche Bier und Lobos „Me and You and a Dog Named Boo" erzählte er mir vom Scheitern seines Discotheken-Projektes und dessen nicht unerheblichen finanziellen Folgen.

Wiederum war ein Traum von ihm wie eine Seifenblase geplatzt. Er glaubte, dass sein Partner ihn hinters Licht geführt hatte. Die verschuldete Discothek war eines Morgens in Brand geraten und bis auf die Grundmauern abgebrannt. Daraufhin wurde den beiden Besitzern – Gerhard war ja einer von ihnen von Seiten der Staatsanwaltschaft Brandstiftung vorgeworfen. Es folgten unzählige Verhöre auf dem Präsidium, bis sich herausstellte, dass sein Partner durchaus Hand angelegt hatte, allerdings ohne das Wissen von Gerhard.

Aber, wie besagt das Sprichwort so schön: Mitgegangen, mitgefangen, mitgehangen. Gerhard war auf einem gehörigen Berg Schulden sitzengeblieben. Er habe einen Anwalt eingeschaltet aber alles schien dermaßen unübersichtlich, dass noch gar nicht abzusehen war, was alles noch auf ihn zukommen würde. Ich solle ihm gefälligst, meinte er mit einem galligen Lächeln auf den Lippen und nach einem gehörigen Schluck aus der Pulle, dazu gratulieren, wieder mit beiden Händen in die Scheiße gegriffen zu haben. Zum Wohle. Gerhard holte sich – nun schon schwankend– eine neue Flasche und legte *No Secrets* von Carly Simon

auf, die LP, auf der sich „You're So Vain"
befand, als Erinnerung an längst vergangene
Zeiten. An Zeiten, die auf einem anderen
Planeten stattgefunden hätten, sinnierte er
nachdenklich und wechselte dann abrupt
das Thema, als Ramona und der Junge
plötzlich zur Tür hereinkamen.

Ramona, eine stattliche, dunkelblonde
Erscheinung mit gewellten Haaren,
strammen Fesseln und durchtrainierten
Beinen, musterte mich mit der Skepsis, die
manche Frauen unbekannten alten Freunden
ihrer Männer entgegenbringen. Ja, ja,
säuselte sie, die guten alten Zeiten, und
unterstrich das Gesagte mit einem kräftigen
Händedruck. Dann verschwand sie mit dem
Jungen in einem der angrenzenden Zimmer.
Jetzt sei es Zeit, die Location zu wechseln,
murmelte Gerhard und griff nach meiner
Hand, noch bevor Carly Simon ihr „When
You Close Your Eyes" beendet hatte.

**Am Wochenende waren unsere
Enkelkinder zu Besuch. Zwei Jungs, die
ausgelassen und voller Energie auf dem
Rasen hinter der Terrasse Fußball spielten.
Sie flitzten über den Rasen, als wollten sie
die ganze Welt erobern.**

Heute, nach dem Frühstück, entdecke ich ihren, vor einem Gebüsch liegenden Ball. Es sieht aus, als wäre ihr Spiel nur eben einmal unterbrochen worden und ginge gleich weiter, mit der derselben überbordenden Intensität. Ich nehme den Ball auf und verstaue ihn im Schuppen in dem Bewusstsein, dass die Jungs nicht zurückkommen werden, sondern längst woanders neuen Abenteuern entgegen fiebern.

20

1990 hatte sich die Welt verändert. In Deutschland wurde eine Grenze geöffnet, die bislang als unüberwindlich galt, sogar als Eiserner Vorhang bezeichnet wurde. Lübeck, die Stadt, in der ich zu diesem Zeitpunkt bereits seit 13 Jahren lebte, war von diesen Veränderungen massiv betroffen, weil sie genau an dieser ehemaligen Grenze lag. Plötzlich tauchten Menschen auf, grau wirkende Menschen, die direkt aus dem Universum von Michael Endes Buch *Momo* entstiegen zu sein schienen, mit merkwürdig kleinen Autos, deren Motoren noch merkwürdigere Geräusche von sich gaben. Sie bevölkerten an Wochenenden die Innenstadt von Lübeck und schürten die Neugierde der Einheimischen, auch einmal auf die andere Seite des Eisernen Vorhangs blicken zu dürfen.

Zu diesem Zeitpunkt tauchte Gerhard plötzlich wieder auf. Wir besaßen als Familie immer noch kein Auto, waren ständig mit unseren Fahrrädern unterwegs. Also nahm ich Gerhards Vorschlag, mit seinem Auto auf die andere Seite der Grenze zu fahren, mit Begeisterung auf. Sarah und die Kinder wollten nicht mitkommen, also beschlossen

Gerhard und ich, alleine nach Wismar zu fahren. Ich hatte gelesen, dass *Werner Herzog* für seinen Film *Nosferatu, Phantom der Nacht* Wismar als Kulisse verwendet hatte, und wollte mir die Innenstadt und den Marktplatz ansehen. Wir passierten in Schlutup die Grenze, zeigten unsere Ausweispapiere und fuhren durch eine Allee von Bäumen, deren Blätter sanft im Wind schaukelten. Es war Ende April und die Luft roch nach Frühlingserwachen.

Als wir in Wismar aus dem Auto stiegen, mussten wir unsere dicken Jacken anziehen, weil es deutlich kühler war, als wir angenommen hatten. Wir standen vor unserem Fahrzeug, und registrierten einen Geruch, der uns sofort gefangen nahm, weil er uns an die Gerüche unserer Kindheit erinnerte. Hier wurde noch mit Braunkohle geheizt. So sorgten die unzähligen Schornsteine mit ihren dampfenden Rauchwolken dafür, dass wir uns sofort heimisch, ja, geborgen fühlten. Wir spazierten durch diese fremden Straßen wie auf vertrautem Terrain, schauten auf die mit Holzklapptüren verriegelten Kohleschächte, guckten durch Kellerfenster und flanierten gutgelaunt an den Kanälen der Innenstadt entlang.

Damals wussten wir schon, dass es Dinge gab in unser beider Leben, die unwiederbringlich waren. Wir wurden älter und verloren mit jedem Jahr einen Teil unserer Illusionen aber auf diesem legendären Spaziergang holten wir uns ein Stück unserer Zeit wieder zurück, ergingen uns in Kindheitserinnerungen. Mal schlenderte Gerhard langsam durch sein niederbayrisches Dorf, mal stand ich vor dem Kanal, der den Nesenbach in Hedelfingen begradigte. Wir befanden uns auf einer Zeitreise. Wie in der Fernsehserie *Timetunnel,* die Gerhard und ich in unserer Jugend so liebten. Auf dem riesigen Marktplatz von Wismar steckte sich Gerhard eine Zigarette an. Da bemerkte ich die gelben Abfärbungen an seinen Fingern. Ein Indiz für starkes Rauchen. Er hatte einiges an Kilo Lebendgewicht zugelegt und auf dem Kopf sprießten kaum noch Haare. Ja, ja, bemerkte er mit einem Blick auf mich, wir haben ganz schön Federn gelassen.

21

Der Garten ist winterfest gemacht. Ich fahre
die Mülltonnen, die ich am vergangenen
Tag an die Straße gestellt habe, wieder auf
den Hof. Der Wind fegt rau um die Ecken.
Ich weiß nun schon seit geraumer Zeit, dass
Gerhard nicht mehr lebt und bin immer
noch auf der Suche nach Indizien für seine
Existenz. Ich weiß, dass es schwer ist, einen
Menschen in Gänze zu erfassen, eigentlich
unmöglich. Es sind immer nur Streiflichter,
die sich offenbaren, kein vollständiges
Porträt kann so entstehen, sondern nur eine
gnadenlos subjektive Sicht.
Auf meinem Schreibtisch liegt der
geöffnete Ordner mit alten Briefen. Ich
hoffe, noch einen Brief neueren Datums
von Gerhard zu finden.
Nichts.
Vielleicht in einer der Schubladen des
Kellerschrankes?
Nein!
Vielleicht besitze ich noch eine der
besprochenen Kassetten aus den
Siebzigern? Vielleicht in der ausrangierten
Kommode ?
Keine Chance.

Alle Kassetten sind schon vor Jahren auf dem Müll gelandet. So bleibt meine Suche, wie erwartet, erfolglos.

Mir scheint, du räumst mit dieser Geschichte, mit diesem Erinnern, ein Stück weit dein Leben auf, meinte ein Freund.

Im Frühjahr 1994 sahen wir uns wieder. Ich war inzwischen geschieden und besuchte mit meiner Freundin Karen meine Mutter in Stuttgart. Wir saßen an einem ungewöhnlich warmen Aprilnachmittag im Garten. Auf dem Wäscheplatz, unter den Wäscheleinen, hatte Mutter einen Campingtisch und vier Stühle aufgebaut und Kaffee und selbstgemachten Käsekuchen angeboten.

Wir waren bereits beim Kaffeetrinken, als Gerhard in ungewohnt sportlichem Dress mit farblich abgestimmtem Base Cap aufkreuzte. Er begrüßte uns überschwänglich, insbesondere Karen, die er noch nicht kannte.

Ja, er zeigte sich von seiner Schokoladenseite und bot meiner Mutter an, ihr beim weiteren Aufschneiden und Verteilen des Kuchens behilflich zu sein. Sie lehnte dankend ab.

Gerhard erkundigte sich interessiert nach unserem gegenwärtigen Leben. Ich erzählte von meiner Scheidung und der ganzen schwierigen Trennung, und dem problematischen Umgang mit den Kindern und so weiter. Hier hakte Gerhard ein: Ramona habe sich auch vor einiger Zeit von ihm getrennt – nach immerhin siebzehn gemeinsamen Jahren – und das hätte ihn in ein tiefes Loch befördert, zumal auch der Junge mit ihr gegangen sei. Er habe quasi über Nacht seine gesamte Familie verloren. Sie lebe noch im Dorf, aber mit einem anderen Mann zusammen, was besonders schmerzhaft für ihn sei, da er die neue Familie ständig vor Augen hätte. Er überlege ernsthaft, sich aus dem Dorf zu verabschieden, sich in der Nähe anzusiedeln, bloß weg aus ihrem Blickfeld. Meine Mutter schüttelte mitleidig den Kopf und meinte, sie verstehe nicht, was heutzutage mit den Ehen bzw. Partnerschaften los sei. Nichts wäre mehr von Bestand. Alles laufe bei der geringsten Schwierigkeit auseinander. Nein, das sei alles nicht zu verstehen. Karen, die sich gerade über das zweite Stück Kuchen hermachte, meinte, die Frauen seien heutzutage eben selbstständiger als die vorherige Generation, und ließen sich nicht mehr alles von ihren Männern gefallen. Außerdem sei man heutzutage nicht mehr so von den Männern abhängig, würde eigenes

Geld verdienen. Der Satz ließ Gerhard zusammenzucken. Er habe sich gegenüber seiner Frau bzw. seiner Verlobten nichts zu Schulden kommen lassen. Sie habe ihn schlichtweg mit einem jüngeren Mann betrogen und damit basta.

Später schlug er vor, sich noch mit unserem alten Bekannten Holger zu treffen. Am besten im Biergarten in Hedelfingen. Der war uns noch aus früheren Tagen bekannt und selbstverständlich hätte er Ronald bereits angerufen; der würde sich sehr über ein Wiedersehen freuen. Als er von seinem Stuhl aufstand, zog er einen Autoschlüssel aus der Tasche und meinte lässig über Karen gebeugt, sie wolle sicherlich mit ihm mitfahren. Er könne ein besonderes Fahrerlebnis garantieren. Karen machte instinktiv eine abwehrende Handbewegung, folgte ihm aber aus reiner Neugierde zu seinem Auto. Er war mit seinem roten Mercedes Cabriolet unterwegs und hatte das Dach abgeklappt, so dass man unter freiem Himmel die Fahrt genießen konnte. Karen wandte sich zu mir um. Über ihr Gesicht huschte ein spielerisches Lächeln. Sie habe schon immer in so einem Auto mitfahren wollen, säuselte sie. Ich solle nicht böse sein, ich könne ja mit meinem Ford Fiesta hinterherfahren – was nicht einfach war. Zuerst hielt Gerhard Karen charmant die Beifahrertür auf, dann setzte er sich sportlich hinter sein Wurzelholzlenkrad und gab Gas, sodass ich den beiden kaum folgen konnte. Sie passierten die Hackstraße und ließen den Gaskessel links liegen. Karens Haare flatterten im Fahrtwind. Über Gaisburg ging es Richtung Wangen, am Schlachthof und an den großen Industrieanlagen vorbei, die sich längs des Neckarstals aufreihten wie Perlen an einer Schnur. Hinter dem Kodak-Werk in Wangen begann die lange Gerade Richtung Hedelfingen und nun beschleunigte Gerhard noch mehr, sodass ich die beiden schnell aus den Augen verlor.

Als ich den Parkplatz am Biergarten erreichte, saßen sie bereits im Schatten einer großen Kastanie. Ich war Gerhard keineswegs böse. Ich konnte sein Verhalten nachempfinden. Ich kannte ihn bereits seit 25 Jahren. Er tat mir leid, er tat mir irgendwie leid.

Wir tranken unser Bier und warteten auf Holger, der nicht mehr erschien. Wahrscheinlich war irgendetwas Wichtiges dazwischengekommen. Wir waren alle über Vierzig und standen mitten in einem Leben, das aus Verpflichtungen und Engagement bestand. Gerhard trank hastig und viel. Er hatte etwas Kamikazehaftes an sich und zog noch immer diesen Schweif Nostalgie hinter sich her, diesen Strahl, in dem unsere gemeinsame Jugend gebündelt war.

22

Zwei Jahre später: Karen und ich waren in
der Schallplatten-*Lerche* auf der Königsstraße
in Stuttgart unterwegs. Ich hatte gerade das
neue Soloalbum von Phil Collins *Dance into
the Light* in der Hand, als plötzlich Gerhard
vor mir stand und sogleich zu einer
Standpauke ausholte. Was uns einfallen
würde, hier in der Stadt unterwegs zu sein,
ohne uns vorher bei ihm gemeldet zu haben.
Ich entgegnete, dass wir wenig Zeit
mitgebracht hätten, in 48 Stunden bereits
wieder auf der Autobahn sein müssten. Er
lud uns für den Abend in sein neues Heim
nach Franzldorf ein. Er habe dort ein
Küchenstudio eingerichtet. Ja, er habe sich
auf seine alten Tage noch selbstständig
machen müssen, nachdem ihm sein letzter
Arbeitgeber gekündigt hatte und sein Berater
auf dem Arbeitsamt ihm unverhohlen
entgegnete, es würde sicherlich nicht einfach
werden, wenn nicht unmöglich, eine neue
Arbeitsstelle zu finden. Er sei schlichtweg zu
alt. Also blieb nur, nach einigen vergeblichen
Bewerbungsversuchen, der Weg in die
Selbstständigkeit. Sein Laden, das müsse er
unumwunden zugeben, laufe nicht
besonders gut aber alles sei immer noch

besser als gar nichts. Denn untätig sein zu müssen, sei nicht sein Ding. Wenige Stunden später standen wir vor einem stattlichen Fachwerkhaus, in dessen Parterre sich Gerhards Küchenstudio befand.

Hinter der großen Fensterscheibe ragten im Dunkeln des Ladens verschiedene Möbel hervor: Fragmente einer Küchenzeile, kleine Schränke, eine unter einer Arbeitsplatte platzierte Geschirrspülmaschine, ein beiger Elektroherd. Gerhard erschien hinter einer Glastür, neben der großen Fensterscheibe und öffnete uns. Er machte einen freundlichen, aufgeräumten Eindruck und führte uns, nachdem er einen versteckten Lichtschalter betätigt hatte, durch sein Reich. Nebenbei bemerkte er, wir sollten uns überlegen, ob wir in absehbarer Zeit nicht eine neue Küche gebrauchen könnten. Er könne uns durchaus Rabatte gewähren, wenngleich er preislich mit den großen Möbelhäusern natürlich nicht mithalten könne, aber vom Service und der Qualität in jedem Fall. Ja, in diesem Bereich hätte er sogar einen leichten Vorteil.

Aber genau diese Tatsache würden vieler seiner Kunden bezweifeln. Sie wollten permanent die Preise drücken, ihn in eine

Ecke stellen und auspressen wie eine Zitrone. Jetzt begann er, sich in seine Argumentation hineinzusteigern. So werde er sich nicht mehr behandeln lassen. Lieber verkaufe er dann eben nicht. Er habe in diesem Zusammenhang auch kein Problem damit, diese Kunden aus seinem Laden zu schmeißen. Nein, er müsse sich nun wirklich nicht unter Wert verkaufen. Das brachte mich zu der naheliegenden Frage, wie denn seine Umsätze liefen und das machte ihn noch wütender. Karen warf mir einen verstohlenen Blick zu und verschwand in einer Ecke der Auslage. Gerhard schnaubte kurz und beruhigte sich wieder. Er meinte, um herunterzukommen, müssten wir die Ausstellung schleunigst verlassen. Der Ärger über die ganzen Umstände fresse ihn allmählich auf. Er führte uns durch eine Hintertür hinauf in den ersten Stock, wo er eine kleine Wohnung gemietet hatte. Während wir die Stufen nach oben betraten, erzählte er, dass die Mietpreise hier auf dem Land, noch einigermaßen erschwinglich seien, ganz im Gegensatz zu Stuttgart. Aber davon abgesehen, lebe er ohnehin am Limit, am Rande der Existenz.

Danach betraten wir Kesselbachs Universum, wie er es nannte, eine moderne Küche, die über allerlei technische

Raffinessen verfügte. Genau das Richtige für einen Mann, der seit seiner Jugend technikaffin gewesen sei, erklärte er stolz.

Er führte uns seinen amerikanischen Kühlschrank vor, natürlich mit einem Eiswürfelzubereiter in der Fronttür, der nebenbei auch Crushed Ice herstellen konnte. Es gab einen Kaffeeautomaten der höchsten Kategorie, einen Herd der allerneuesten elektronischen Generation, eine Mikrowelle und außerdem noch eine Vielzahl voller technischem Schnickschnack, der Karen die Augen übergehen ließ.

Gerhard fragte nun amüsiert, ob es im Rahmen ihrer Vorstellungskraft liege, so eine Küche einmal zu besitzen.

Sie nickte. Das liege jenseits unserer finanziellen Möglichkeiten, entgegnete ich, und er fügte wie zur Entschuldigung hinzu, dass er als Küchenstudiobesitzer natürlich mit bestem Beispiel vorangehen müsse. Das sei gewissermaßen Geschäftspolitik.

Wir lachten und Gerhard führte uns ins Wohnzimmer, wo uns zwei riesige Lautsprechertürme empfingen, die das Zentrum des Zimmers bildeten. Er sei, wie wir ja wüssten, Schallplattenliebhaber und da habe er sich so einiges gegönnt.

Wir setzten uns auf die Couch, und nachdem

Gerhard uns mit Getränken versorgt hatte
kredenzte er uns, nicht ohne Stolz, seine
Schallplattensammlung. Er war an der
Auflösung einiger Discotheken beteiligt,
nicht zuletzt seiner eigenen. Es waren wieder
die Titel unserer Jugend, die er uns darbot.
Mit leuchtenden Augen stand er vor seiner
Anlage und dozierte wie ein Historiker, der
überzeugt davon war, dass früher alles
besser gewesen sei.

Als wir am nächsten Morgen unsere Taschen
im Auto verstauten – wir hatten unser
Fahrzeug hinter Gerhards Opel Corsa
geparkt – fragte ich ihn unvermittelt und
ohne Hintergedanken, wo er denn sein
Mercedes Cabriolet gelassen hätte,
woraufhin er eine wegwerfende Handbewegung machte: Wie gewonnen, so
zerronnen. Er habe in seiner Gutmütigkeit
dieses Juwel von einem Auto einem Freund
geliehen, und der habe es bei einer
Probefahrt zu Schrott gefahren. Aus der
Traum.

23

Im Frühjahr 1999 wurde ich arbeitslos. Kurze Zeit später erreichte mich ein Anruf von Gerhard. Wir hatten einige Jahre nichts mehr voneinander gehört und er war überrascht, als er von meinem Dilemma erfuhr. Etwas Derartiges hatte er mir nicht zugetraut, meinte er, da mein Leben bislang relativ reibungslos verlaufen war, von meiner Scheidung einmal abgesehen. Ich sei nun 46 Jahre alt und da wäre die Chance auf einen neuen Job relativ aussichtslos. Er meinte, mir ohne Umschweife die Wahrheit sagen zu müssen. Aber darauf könne ich mich einstellen, so sei es ihm selbst ergangen. Ich bedankte mich für seinen Aufbaukurs, und wollte das Gespräch beenden, als er mir den Vorschlag unterbreitete, mich zu besuchen. Ich hätte ja Zeit, mich um ihn zu kümmern, und da ich augenblicklich über kein Fahrzeug verfüge, könne er mich doch ein wenig herumfahren. Drei Tage später stand er bei uns vor der Haustür. Er hatte sich verändert, im wahrsten Sinn Haare gelassen. Vor mir stand ein glatzköpfiger, stark übergewichtiger, älterer Mann. Er begrüßte mich mit dem sinnfälligen Satz ,Altern sei nichts für Feiglinge' und klopfte mir kameradschaftlich auf die Schultern. Nach einem längeren Gespräch, dessen Inhalt ich heute nicht mehr wiedergeben kann, hatte sich zwischen uns eine gewisse Fremdheit aufgebaut. Bei alten Freunden kann man normalerweise immer beim letzten gesprochenen Satz den Faden wieder aufnehmen, wobei die Jahre zwischen den Sätzen zunächst keine Rolle spielen. Bei Gerhard und mir war das nicht der Fall.

Nichtsdestotrotz machten wir Pläne für den kommenden Tag. Wir wollten nach Hamburg fahren. Gerhard kannte die Stadt noch nicht und wollte auf jeden Fall die Binnenalster sehen. Ich machte den Vorschlag, bis Bad Oldesloe mit dem Auto zu fahren, und von dort den Zug zu nehmen, da die Parkmöglichkeiten in der Innenstadt äußerst begrenzt seien.

So spazierten wir an einem sonnigen Spätvormittag im Juni aus dem Bahnhofsgebäude und überquerten die Straße am Bahnhofsvorplatz zur Mönckebergstraße, als Gerhard plötzlich stehenblieb. Wie lange ich noch gedenke, mit ihm durch die Gegend zu latschen. Er sei völlig erschöpft und müsse sich irgendwo hinsetzen. Das Argument, wir seien nicht einmal zehn Minuten vom Bahnsteig hierher gegangen, ließ er nicht gelten. Er habe fünfzig Kilo Übergewicht und sei nun einmal nicht in der Lage, derartig ausufernde Strecken zurückzulegen. Ich versuchte, so gut es ging, meine Fassungslosigkeit zu überspielen und argumentierte sachlich, er wolle doch die Binnenalster sehen, den Jungfernstieg und den Gänsemarkt und wenn möglich noch die Reeperbahn. Ich hätte ihm vorher nicht erzählt, dass alles zu Fuß bewältigt werden müsse. Hätte er das gewusst, wäre er mit Sicherheit zu Hause geblieben. Ich machte ihm den Vorschlag, das nächste Lokal anzusteuern, meines Wissens nach ein *Burger King* oder *McDonalds*. Das wären noch hundert Meter, gleich hinter der nächsten Ecke. Dort könnten wir dann beratschlagen, wie es weiter gehen sollte.

Zehn Minuten später saßen wir an einem Fensterplatz und sahen auf die geschäftige Straße hinaus, auf der Menschen wuselten wie fleißige Ameisen. Das sei ihm alles zu hektisch. Er liebe die Ruhe und Abgeschiedenheit und erzählte mir von einem Kinderbuch, das ihm erst kürzlich wieder in den Sinn gekommen sei. Es handele von einer Jugendclique auf Rügen und enthalte großartige Zeichnungen von der dortigen Landschaft. Er habe es als Junge gelesen und niemals vergessen. Wir könnten doch am folgenden Tag die Insel besuchen, meinte er. Ich erwiderte, dass die Insel von Ratzeburg über 200 Kilometer entfernt und auf jeden Fall eine Übernachtung einzuplanen sei. Ja, das wäre nach seinem Gusto. Er erinnere sich immer noch gerne an unseren gemeinsamen Ausflug nach Wismar vor zehn Jahren.

Ganz sicher habe er große Lust, sich alles einmal anzusehen und mit seinen Kinderbucherinnerungen abzugleichen. Hamburg – er sah noch einmal kurz aus dem Fenster – sei jedenfalls für ihn gestorben und wir sollten uns alsbald wieder auf den Weg nach Hause machen.

Am nächsten Morgen, nachdem die Reisetaschen gepackt waren, machten wir uns auf den Weg. Es wurde, was Gerhard anbelangte, ein Tag der Schimpftiraden. Obwohl wir am Tag zuvor über die Länge der Strecke gesprochen hatten, waren wir seiner Meinung nach endlos unterwegs. Die A 20, die seit Anfang der 90er Jahre gebaut wurde, war zu diesem Zeitpunkt lediglich von Grevesmühlen bis Wismar befahrbar. Also hielten wir uns an die B 105 und durchfuhren etliche Ortschaften und Kleinstädte bis Stralsund, von dort über das Nadelöhr des Rügendamms bis ins 40 Kilometer entfernte Herz der Insel. Man hatte seit der Wendezeit ins Straßennetz investiert. Dieser Umstand führte bei Gerhard zu der Feststellung, jeglicher Charme der ‚ersten Jahre' sei verflogen. Nichts unterscheide diese Straßen von einer beliebigen Strecke in Süddeutschland.

Das Alleinstellungsmerkmal, das Besondere, das Nostalgische, sei verschwunden. Alles sei zum Kotzen glattgebügelt, ohne Persönlichkeit. Ich machte Gerhard auf die blühenden Rapsfelder aufmerksam, was er umgehend mit einem bitteren Lachen quittierte.

Es war ein herrlicher Junitag. Die Sonne strahlte von einem wolkenlosen Himmel, was Gerhard als diffuses Licht bezeichnete, das das Autofahren erheblich erschwerte. Und dann diese zunehmende Wärme, die den Körper transpirieren ließ. Etwas, das schwerer zu ertragen sei, könne er sich kaum vorstellen.

Zuerst steuerten wir Kap Arkona an. Gerhard fuhr auf den Parkplatz und blieb stehen. Nachdem wir ausgestiegen waren, deutete ich auf die Landspitze und meinte, dass man von dort, einer Art natürlicher

Plattform, eine hervorragende Aussicht genießen könne. Gerhard schien mit seinen Augen den Abstand zwischen sich und der Plattform zu berechnen und stellte fest, dass der Weg dorthin zu lang für ihn wäre. Außerdem habe er eine über fünfstündige Autofahrt hinter sich und Ruhe verdient. Ich bemerkte, mit sarkastischem Unterton, er selbst habe vor nicht einmal 24 Stunden vorgeschlagen, die Insel zu besuchen, und nun wolle er vor seinem Fahrzeug stehen bleiben, ohne einen Schritt in die Landschaft zu wagen. Mir stehe es jederzeit frei, herumzuspazieren, wenn ich es denn wolle. Er werde hier auf mich warten. Ich verabschiedete mich kurz und knapp, weil Wut in mir aufstieg, und nahm den sandigen, abschüssigen Weg, bis ich zum Fischerdorf Vitte gelangte. Auf einem kleinen Strandabschnitt lagen Fischerboote. Vor einer, den Strand abgrenzenden Baumreihe befand sich eine Fischräucherei, deren Schornstein würzig duftende Rauchwolken ausstieß. Der Platz vor der Räucherei war bevölkert. Leute saßen auf Plastikstühlen an Plastiktischen und machten sich über den frisch geräucherten Fisch her. Gerhard wusste wirklich nicht, was ihm entging, dachte ich, und kaufte mir ein Aalbrötchen und ließ es mir schmecken, während ich mich an eines der Boote anlehnte und aufs behäbig plätschernde Wasser hinaussah.

Dann machte ich mich auf den Weg zum Parkplatz, wo mich ein wütender Gerhard Kesselbach empfing. Ich hätte ihm sagen müssen, dass ich stundenlang unterwegs sein würde, um ihn hier, in diesem unwirtlichen Gelände alleine zu lassen. Tatsächlich war ich nicht einmal eine Stunde unterwegs gewesen. Für Gerhard schien an diesem Tag aber alles ins Unermessliche zu steigen. Ich machte den Vorschlag, er könne sich an dem Imbisswagen, der am Rande des Parkplatzes stand, verpflegen, und dann könnten wir zum Königsstuhl fahren, zu einer Aussichtsplattform auf dem Kreidefelsen, die man sich nicht entgehen lassen sollte. Zu meinem Erstaunen stimmte er mürrisch zu, aß eine Wurst mit Pommes Frites, trank eine große Cola und meinte, nun seien seine Lebensgeister wieder geweckt und er zu allen Schandtaten bereit. Wir erreichten die Stubbenkammer am späten Nachmittag. Auf dem Parkplatz angekommen, erkundigte sich Gerhard, wie weit es von hier noch bis zur Aussichtsplattform sei. Ich deutete auf das vor uns liegende Waldstück und meinte, wir müssten ungefähr 20 Minuten zu Fuß gehen, um den Kreidefelsen zu erreichen. Ein anderer Weg sei leider nicht vorhanden. Zu meinem Erstaunen fügte sich Gerhard in sein Schicksal, zwar nach jeder Wegbiegung raunend vor sich hin schimpfend, aber in angemessener Lautstärke und nicht ausfallend.

Als wir den Aussichtspunkt erreichten, war es früher Abend. Die Sonne stand tief im Westen und warf ihren goldenen Schein über die See. Es war ein traumhafter Ausblick. Gerhard hielt sich am Geländer fest und schaute aufs Meer hinaus. Nein, mit den Zeichnungen in seinem Kinderbuch habe dies alles nichts gemein. Ein Traum aus vergangenen Zeiten ließe sich eben nicht reproduzieren. Alles habe seine Naivität verloren. Nichts davon schien er hier wieder zu finden. Ich fragte ihn nach dem Namen des Buches, aber den hatte er vergessen. Zu weit sei alles in seiner Kindheit verschüttet.

In dem Restaurant neben dem Parkplatz aßen wir zu Abend. Eine Übernachtung an diesem Ort kam nicht in Frage. Es sei in jedem Fall zu teuer, selbst wenn wir uns ein Zimmer teilen würden, meinte Gerhard. Wir könnten im Auto übernachten und am nächsten Morgen nach Hause aufbrechen. Alles in allem sei die Insel eine maßlose Enttäuschung für ihn gewesen.

Unterhalb der Stubbenkammer bogen wir in einen Feldweg ein, wo Gerhard sein Fahrzeug abstellte. Es war Nacht. Grillen zirpten in der Dunkelheit. An einem nahegelegenen Teich quakten Frösche. Er müsse mich nun vorwarnen, da ich bei ihm im Auto übernachten werde: Wahrscheinlich könne ich in dieser Nacht kein Auge zumachen, meinte er, denn er leide seit geraumer Zeit an Schlafapnoe und dies sei für anwesende Personen schlecht auszuhalten. Er sei dafür schon häufig kritisiert worden, aber könne es eben nicht abstellen. Ich verfüge über einen guten Schlaf, versicherte ich ihm. So schnell könne mich nichts aus der Ruhe bringen.

Es wurde eine Nacht, die ich niemals vergessen werde. Ich hatte den Beifahrersitz ganz nach hinten gestellt, mir eine Decke um die Beine gelegt und den Fahrersitz im Blick, der im Schatten lag, und auf dem Gerhard ruhte. Im Minutentakt, so schien es mir, spielte sich folgendes Schauspiel ab: Aus Gerhards Kehle drang ein unnatürliches Röcheln und Gurgeln, das plötzlich abbrach und einer Totenstille wich, die mich jedes Mal mit Sorge erfüllte, weil kein Atemzug mehr zu hören war. Dann drangen Geräusche an mein Ohr, die an einen Ertrinkenden erinnerten, der vergeblich nach Luft zu schnappen schien und dabei fast unmenschliche Laute von sich gab. Diese Eruptionen gingen dann langsam in das anfängliche Röcheln und Gurgeln über, bevor das grausame Spektakel wieder von vorne begann.

Nach einer schlaflosen Nacht, die alle möglichen Emotionen in mir auslöste, die zu beschreiben, mir nicht mehr gelingen mag, stieg ich am frühen Morgen aus dem Auto und fühlte mich, als habe mich ein Bus überrollt. Wenig später schälte sich Gerhard aus dem Fahrzeug und fragte mich, ob ich gut geschlafen hätte, was ich mit einem wortlosen Kopfschütteln quittierte. Er habe mich nicht umsonst vorgewarnt, meinte er. In Göhren legten wir uns am späten Vormittag hinter einem Kiefernwäldchen an den Strand, um noch eine Mütze Schlaf zu ergattern, bevor wir den Heimweg antraten.

24

Die Jahre vergingen, ohne dass wir Kontakt zueinander hatten. Meine Erinnerung weist erstmals Lücken auf, weil ich in den 2000er Jahren kein Tagebuch mehr führte, und die Jahreszahl unserer nächsten Begegnung nicht mehr exakt bestimmen kann.
Jedenfalls kreuzte ich irgendwann wieder bei Gerhard in Franzldorf auf. Er öffnete die Tür und ich stellte sofort fest, dass sich etwas verändert hatte. Mir schien es, als sei seine ursprüngliche Kraft aus seinem Körper gewichen – wie bei einem Ballon, der rapide Luft verlor. Er war schlanker geworden aber seine Bewegungen waren fahrig, fast unkontrolliert, und er stützte sich auf einen Stock. Er sah mir ins Gesicht und entschuldigte sich für die Unordnung in der Wohnung. Seine Verflossene, Ramona, die sich aus irgendwelchen Gründen immer noch mit ihm verbunden fühlte, würde nur einmal in der Woche vorbeikommen…zum Aufräumen und Saubermachen. Seine Stimme klang verändert, etwas schleppend, auch sie hatte Kraft eingebüßt, was sie allerdings sympathischer klingen ließ.
Seine ganze Ausstrahlung, diese Spur Hilflosigkeit und Verletzbarkeit, rührte mich.

Er führte mich ins Wohnzimmer und bot mir ein Getränk an. Ein kleiner Stapel Schallplatten lag auf dem Sofa. Er hatte sich offensichtlich auf meinen Besuch vorbereitet und wollte mir nun seine neuesten Errungenschaften vorspielen. Er meinte, indem er auf den Vinylstapel zeigte, dass es so etwas mittlerweile fast nur noch auf Schallplattenbörsen gebe. Die CD hätte endgültig für immer die Schallplatte vom Markt gedrängt. Dabei lägen zwischen dem Klang einer Vinylscheibe und dem einer CD Welten.

Er brachte mir mein Getränk und kam gleich zur Sache. Ja, ich würde richtig vermuten. Er habe einen Schlaganfall erlitten, und nur durch die schnelle und umsichtige Hilfe seines Bruders, der ja Arzt sei, habe sein Leben gerettet werden können. Ich sah ihn irritiert an, deshalb begann er, mir sogleich die Einzelheiten zu erzählen. Wie ich sicherlich wisse bzw. ahnen würde, ging er ihm nun schon eine geraume Zeit finanziell nicht gut, eher schlecht, und wenn er so darüber nachdenke, war dieser Umstand, diese Knappheit von Geld, schon immer sein Problem. Vermutlich könne er einfach nicht mit Geld umgehen.

Die andere Geschichte betraf sein Verhältnis zu Frauen. Dass er von Ramona verlassen worden war, machte ihm immer noch zu schaffen, sodass er sich mittlerweile in einigen Internetportalen umschaue und auch dort ständig Frustrationen ausgesetzt sei. Das führe bei ihm zu der festen Meinung, dass die Frauen einfach zu anspruchsvoll seien und fast unerfüllbare Erwartungen an eine mögliche Partnerschaft stellen würden. Dazu kämen jetzt seine Handicaps, wie ständige Geldknappheit und permanentes Übergewicht und noch ein, zwei Dinge, die sich nicht vereinbaren ließen. Außerdem habe er selbst gewisse Vorstellungen, die wiederum mit den jetzigen Gegebenheiten kollidierten. Er könnte zum Beispiel mit keiner übergewichtigen Frau verkehren. Da würde einfach nichts passieren, wenn ich wüsste, was er meinte, obwohl er selbst kein Adonis sei. Das sei ein wirkliches Dilemma, meinte er, unterstrichen durch ein leichtes Schulterzucken. So eine Frau wie Naomi Campbell würde sich natürlich nicht für ihn interessieren. You know? Er lächelte und begab sich zu dem Schallplattenspieler und bat mich, ihm die erste Platte von dem Stapel, der neben mir lag, zu reichen. Es war *Idea* von den Bee Gees und gleich darauf klang das passende, wunderbare „Let There Be Love" aus den Boxen. Also, was bliebe ihm alles in allem als Mann in den mittleren Jahren, bemerkte er und sah mich dabei fragend an. Genau, zwinkerte er mir vielsagend zu und deutete auf ein kleines Schränkchen in einer Ecke seines Wohnzimmer. Ich wusste von früheren Besuchen, dass sich hier seine Sammlung spezieller DVDs bzw. Videokassetten befand. Dänische Heimatfilme.

„In the Summer of His Years".

Als ich so nebenbei bemerkte, dass ich gedachte, bei ihm zu übernachten, zuckte er kurz zusammen. Damit hatte er offenbar nicht gerechnet. Er habe nicht viel Essbares im Haus, da müsse er sich entschuldigen. Selbstverständlich würde ich ihn zum Essen einladen, entgegnete ich, er brauche nur ein Restaurant seiner Wahl zu nennen. Ich dachte auch daran, Brötchen und Aufschnitt, vielleicht Marmelade zum Frühstück zu besorgen. Er könne sich in dieser Hinsicht bequem zurücklehnen und sich bedienen lassen.

„I've Gotta Get a Message to You".

Wir fuhren an diesem Abend zum Chinesen nach Böblingen. Ich war beeindruckt, wie geschickt er trotz seiner Behinderung mit seinem Fahrzeug umgehen konnte. Wir fanden einen Platz am Fenster und nachdem wir unsere Speisen ausgewählt hatten, erzählte er mir, dass sich sein Vater bei ihm gemeldet hätte, sein richtiger Vater. Was für eine Ungeheuerlichkeit! Er lebe mit seiner Familie auf einer Ranch im Westen Amerikas, und nun, gegen Ende seines Lebens, hätte er sich an seinen Sohn erinnert, irgendwo im fernen Europa. Wie er sich das wohl vorgestellt habe, meinte Gerhard, nach fünfzig Jahren…Er hätte jedenfalls kein großes Interesse und noch weniger Kohle, es sei denn…der Alte würde die gesamte Reise finanzieren.

Gerhard hatte seinen Stock neben sich abgestellt, und nach dem Essen, wir hatten uns eben mit der Serviette den Mund abgewischt, gestand er mir dann, das er sich wegen dieser ganzen Umstände, das Leben nehmen wollte. Er hatte einfach keine Lust mehr gehabt auf diesen ganzen Scheiß und eine Ladung Betablocker geschluckt. Zu allem Übel habe ihn dann auch noch Ramona gefunden und seinen Bruder verständigt. Der Schlaganfall sei sicherlich eine Folge dieser ganzen Prozedere. Kein Wunder, diese Reaktion, wenn einem das Leben so übel mitspielt.

25

2014 erreichte mich der nächste Anruf von
Gerhard. Ich war überrascht, dass er sich
noch unter den Lebenden befand, da ich so
lange nichts mehr von ihm gehört hatte –
und das amüsierte ihn, weil es ihn genauso
überraschte, und er begann zu erzählen. Ich
Wisse ja von seinen ganzen Frauen-
geschichten und der Erfolglosigkeit, die
damit einherging. Nun habe er schon vor
Jahren einen Mann kennengelernt, der
damals regelmäßig Urlaub in Thailand
machte. Dort seien die Frauen ganz anders,
liebevoll und extrem anhänglich, erzählte
dieser Mann. Es sei eine Wohltat für einen
deutschen Mann, dort eine Beziehung
aufzubauen. Also, lange Rede kurzer Sinn,
dieser Mann habe ihm den Mund wässrig
gemacht und irgendwann habe er genug
Geld zusammengekratzt, um mit diesem
Mann nach Thailand zu fliegen. Ich könne es
glauben oder auch nicht: Dieser Mann habe
ihm die reine Wahrheit gesagt. Alles sei
wirklich so gewesen, und er hätte dort ein
liebreizendes Geschöpf kennengelernt, eine
Frau wie aus dem Bilderbuch: jung, schlank
und zärtlich. Natürlich müsse man in so eine
Beziehung auch investieren aber es hielt sich
in Grenzen: ein wenig Bargeld, ein

Kassettenrecorder, damals, später ein tragbarer Kassetten bzw. CD Player, dann Plüschtiere, Liebesbeweise, wie man so schön sagt. Also, das wäre wirklich eine schöne Zeit gewesen. Fast die schönste Zeit in seinem Leben, von der Jugend einmal abgesehen. Nun denn, so sei er in Abständen, je nachdem wie sein Geldbeutel es zuließ, in dieses ferne Land gefahren und habe sich ungehemmt dem Liebesglück hingegeben – zugegeben, im Laufe dieser Jahre mit drei unterschiedlichen Frauen. Wie das im Einzelnen alles geschehen sei, würde den Rahmen eines Telefongespräches sicherlich sprengen, aber es war sicher trotz mancher Unbill, unumwunden ein großes Glück.

Nach seiner letzten Reise – das möge nun drei Jahre her sein – habe er plötzlich einen Schmerz am großen Zeh verspürt und eine kleine Wunde entdeckt, die ihn schließlich gezwungen habe, seinen alten Hausarzt aufzusuchen. Dieser habe ihm geraten, nervös geworden beim Anblick der Wunde, unbedingt eine Klinik aufzusuchen. Mit dieser Art von Verletzung sei nicht zu spaßen, und da müsse unbedingt ein Spezialist tätig werden. So ganz ernst genommen habe er das zunächst nicht und noch ein paar Tage gewartet. Es sei dann im

Januar, zur Zeit eines sehr heftigen Winter-
einbruchs, geschehen und da mochte er nicht
aus dem Haus gehen. Ich wisse ja, wie das
sei, der innere Schweinehund wäre dann so
groß, dass er durch keine Tür mehr passe.
Aber als die Schmerzen nicht nachließen,
eigentlich schlimmer wurden, habe er sich
bei diesem gruseligen Winterwetter endlich
auf den Weg in die Klinik gemacht. Er sei in
der Notaufnahme gelandet, und kaum
angekommen, dort zusammengebrochen
und erst im Herbst desselben Jahres wieder
aufgewacht. Als spürte er durch den
Telefonhörer meine Verblüffung, hielt er
einen Moment inne und setzte eine
künstlerische Pause, damit die ganze
Geschichte bei mir sacken konnte. Es stellte
sich umgehend heraus, dass er sich einen
multiresistenten Keim eingefangen hatte:
eine lebensbedrohliche Nekrotisierende
Fasziitis. Die Ärzte haben ihn in ein
künstliches Koma versetzt und ihn mehrfach
operieren müssen. Die ganze Sache sei der
absolute Wahnsinn gewesen. Ja, man könne
durchaus sagen, er sei dem Tod von der
Schippe gesprungen. Auf der anderen Seite
zeige das aber auch, was für einen
ungeheuerlichen Lebenswillen er besaß,
unterbrach ich seine Ausführungen. Er sei
eben ein Stehaufmännchen. Ich lachte und

dabei kamen mir dann die Tränen.

Jedenfalls beschlossen wir, in Zukunft wieder häufiger von uns hören zu lassen, nicht ohne vor dem Abschluss des Gespräches noch ein paar Witze über Krankheit und Tod zu machen. Am Ende haben wir dann beide Tränen gelacht.

26

Heute erreichte mich eine E-Mail von Gerhards Bruder. Er bedankte sich für meine Anteilnahme und hatte im Anhang einige Fotos von Gerhard aus jüngerer Zeit hinzugefügt. Es waren Bilder von einer Amerikareise. Die beiden Brüder waren offensichtlich doch zu Gerhards richtigem Vater in den Westen der Vereinigten Staaten gereist.

Auf den Bildern stand mein alter Freund im Kreis seiner neuen Familie mit einer Art lässigem Verstocktsein, einer Attitüde der Unsicherheit. Mit seinem T-Shirt und den Hosenträgern wirkte er wie ein Fremdkörper in dieser homogen Gemeinschaft einer alt eingesessenen Familie. Vermutlich wollte der Alte vor seinem Tod reinen Tisch machen. Aus seinem freundlich lächelnden Gesicht ließ sich fast keine Emotion ablesen. Offensichtlich war er ein Typ, der sich nicht in die Karten schauen ließ. Sein Bruder fungierte auf dieser Reise vermutlich als Dolmetscher. Seine Halbgeschwister waren attraktiv in ihrem glattgebügelten, amerikanischen Erscheinungsbild, mit blitzsauberen Zähnen und einem strahlenden Lächeln, während Gerhards Antlitz ihnen vermutlich auf schmerzhafte

Weise vor Augen führte, dass ein Leben auch anders verlaufen kann. Aber dies ist meine subjektive Interpretation. Sie ist gnadenlos von meinen Vorurteilen beeinflusst. Vermutlich war alles ganz anders und Gerhard fasziniert von dieser seltsamen Landschaft, die er vorher nur aus Fernsehserien und Western kannte, und die Menschen darin so kraftvoll, so stark, weil sie immer wieder dieser unbarmherzigen Natur trotzen mussten. So schien sein Vater ein verschlossener, alter Kämpfer zu sein, der stolz auf sein Lebenswerk war, das diesen Nebenstrang seines Lebens, die Kriegszeit und die Nachkriegszeit in einem fremden Land, mit einbezog. Vermutlich war es wie eine Narbe, die er in seiner Altersmilde genau betrachten wollte. Er trat, weißhaarig und klein, neben seinen ältesten Sohn, legte ihm den Arm auf die Schulter und war wahrhaftig glücklich.

Einige Tage später erreichte mich eine weitere E-Mail, die mich in Angst und Schrecken versetzte. Sie trug den Betreff ‚Einladung von Gerhard' und ich war so irritiert und neugierig, dass ich sie ohne viel nachzudenken öffnete. Gerhards lächelndes Konterfei blickte mir entgegen, ein halbes Jahr nach seinem Tod, und ich schloss die Mail mit einem schnellen Mausklick. Da ich kein abergläubischer Mensch bin, suchte ich sofort nach einer rationalen Erklärung für dieses Phänomen. Ich rief einen Freund an und erzählte ihm die ganze Geschichte, woraufhin er lauthals zu lachen begann. So sei es eben, meinte er, das Netz vergesse nichts. Weltweit – und das würde sich durchaus zum Problem auswachsen – existieren viele E-Mailkonten, die nach dem Tod der Einrichter nicht gelöscht werden.

Ich solle mir das so ähnlich vorstellen, wie in den Science-Fiction-Filmen, in denen die Astronauten nach einem tödlichen Unfall vom Raumschiff abgehängt, gekappt, durch das All treiben, für alle Zeit. Auch eine Form der Unsterblichkeit, meinte er.

27

1970. Anfang des Jahres. Winter. Ende Februar Anfang März. Es herrschten frostige Temperaturen an diesem Wochenende. Gerhard bat mich, Handschuhe mitzunehmen. Er hatte vor nicht allzu langer Zeit seinen Führerschein gemacht und wollte sich bei der Firma, in der er seine Lehre absolvierte, ein Fahrzeug ausleihen, das uns zu einer Discothek bringen sollte, irgendwo außerhalb, in einer ländlichen Gegend. Es gebe da ganz besonders tolle Frauen hätte ihm ein Freund, vertraulich erzählt.

Als wir in der Firma ankamen, bat Gerhard mich über, den Zaun auf's Firmengelände zu klettern. Die Frage nach einem Schlüssel für das Eingangstor erübrigte sich damit. Mir wurde sofort bewusst, dass niemand in seiner Firma von dieser Aktion wusste, und noch bevor ich eine Frage stellen konnte, erläuterte Gerhard mir den gesamten Sachverhalt.

Nun ja, meinte er, der Schlüssel für das Fahrzeug befinde sich in seinem Büro, wofür er natürlich keinen Schlüssel besitze. Das sei allerdings nicht weiter tragisch, da er das Fenster – das Büro befand sich im Parterre – einen Spalt breit offengelassen hatte. Meine

Einwände, dass, wenn man die ganzen Umstände betrachte, es darauf hinaus laufe, dass wir das Fahrzeug stehlen müssten, akzeptierte er nicht. Er beharrte darauf, dass wir den Wagen lediglich ausleihen würden, und das könne er schon auf seine Kappe nehmen. Ich wollte mir nicht den Rest meines Lebens versauen, allerdings war Kneifen für mich auch keine Option. Ich müsse mir nicht so viel Sorgen machen. Er habe die Kontrollzeiten des Wachpersonals im Kopf und dieses Argument überzeugte mich schließlich und ließ mich über den Zaun klettern. Ich sprintete zu dem Eingangstor, das sich von innen mühelos öffnen ließ, indem man die Verankerung am Boden löste und das Tor dann langsam aus dem Schloss drehte. Gerhard rannte zu seinem Bürofenster, stieg ein und kam wenig später wieder mit dem Autoschlüssel und den Fahrzeugpapieren zum Vorschein. Er fand den Wagen in dem symmetrisch aufgebauten Fuhrpark, fuhr ihn durch das Eingangstor und stellte ihn auf der Straße kurz ab. Er warf mir das Schlüsselbund zu, an dem auch der Schlüssel für das Eingangstor hing, und damit konnte ich es ordnungsgemäß wieder schließen.

Als ich durch die Beifahrertür einstieg, landete ich unsanft auf dem Bodenblech. Er müsse sich entschuldigen, aber der Sitz sei aus organisatorischen Gründen ausgebaut worden, und ich müsse nach hinten auf die Rückbank ausweichen. Im Käfer sei ohnehin nicht viel Platz, aber für unseren speziellen Fall würde es ausreichen, meinte Gerhard mit einer gewissen Süffisanz in der Stimme. Er hatte zuvor etwas an der Elektronik herumgefummelt und damit so nebenbei den Tachometer ausgeschaltet. In mancherlei Hinsicht verbarg sich in ihm ein technisches Genie.

Ich würde die Fahrt zu dieser ‚Disse' nicht unbedingt als Albtraumfahrt bezeichnen aber sie war auf jeden Fall nahe dran. Kaum waren wir aus der Stadt, als Nebel aufkam und uns buchstäblich die Sicht raubte. Gerhard musste das Tempo drosseln, weil er nicht die Hand vor Augen sah. Die Landschaft um uns herum erinnerte mich an die Bilder eines Edgar-Wallace-Films.

Als wir an unserem Zielort ankamen, einer Spelunke wie aus *Das Gasthaus an der Themse*, standen wir in einem halb leeren Raum, in dem einige finstere Gestalten apathisch an einer Bar hockten und in ihre Biergläser starrten.

175

Frauen wie Engel in Menschengestalt waren nicht zu sehen. Nach dieser deprimierenden Erfahrung machten wir gleich kehrt.

Auf dem Rückweg nahm Gerhard noch einen Anhalter mit, der an einer von Nebelschwaden umflorten Laterne lehnte wie Jack the Ripper. Ich schüttelte nur ungläubig den Kopf, als diese Horrorgestalt bei uns einstieg. Gerhard konnte an diesem Abend offensichtlich von negativen Erfahrungen nicht genug bekommen. Nein, unser Beifahrer entpuppte sich nicht als abseitig Krimineller, aber er war neugierig. Er ließ sich über den nicht vorhandenen Beifahrersitz aus, stellte fest, dass unser Tachometer nicht funktionierte, und Gerhard musste sich alle möglichen Ausreden einfallen lassen, um unseren Gast in Sicherheit zu wiegen. Wahrscheinlich war er von uns ebenso irritiert, wie wir von ihm. Er bot uns noch einen Joint an, was wir beide dankend ablehnten. Gerhard meinte, er sei Kettenraucher und habe darüber hinaus keine weiteren Ambitionen. Zu allem Unglück fragte er uns, wo wir hin wollten, und genau an dieser Stelle wollte er dann auch aussteigen. Ich stieß ein paar lautlose Flüche aus. Gerhard reagierte instinktiv und ließ unseren Mitfahrer einige Querstraßen vorher aussteigen, indem er ihm glaubhaft versicherte, auch wir seien hier zu Hause, und würden lediglich noch einmal um den Block fahren, um das Fahrzeug zu parken.

Auf dem Firmengelände angekommen, gelang es uns gerade noch den Wagen abzustellen. Gerhard war mit dem Schlüsselbund verschwunden, als ein Wachmann auftauchte, an dessen Leine ein zähnefletschender Schäferhund zerrte. Das Tier war bereit, mich zu zerfleischen. Soviel schien sicher. Ich hatte vorher meinen Hosenschlitz geöffnet und ungerührt an den Käfer gepinkelt. Ich spielte den hoffnungslos Betrunkenen. Er wollte gerade fragen, wie ich auf's Firmengelände gelangt sei, als er entdeckte, dass das Firmentor offenstand. Genau hier sei ich hereingekommen, stotterte ich. Er hielt den knurrenden Hund straff an der Leine, während er mich schweigend zum Tor geleitete. Wenn ich nicht sofort verschwinden würde, müsse er die Polizei verständigen. Das gab er mir in einem unmissverständlichen Ton zu verstehen, in dem allerdings auch Gutmütigkeit und Verständnis mitschwang. Ich machte einen torkelnden Diener vor ihm und seinem Wachhund und machte mich auf den Weg. An der nächsten Straßenecke traf ich Gerhard. Er war außer Atem aber in bester Laune. Er meinte, ich hätte ihm den Arsch gerettet, und dafür sei er mir ewig dankbar. Na ja…beinahe ewig. Ha, ha. Alles in allem sei dies doch ein toller Ausflug gewesen. Ein Abenteuer. Ein gottverdammt geiles Abenteuer. Und ja, er hatte recht. Selten habe ich mich lebendiger gefühlt als in dieser Nacht. Solche intensiven Erlebnisse waren nur mit Gerhard möglich.

Wenig später trennten wir uns. Vor mir lag noch ein langer Nachhauseweg. Wir umarmten uns zum Abschied. Wir waren Freunde. Ich sah ihm noch einen Moment nach, während er die Straße hinaufging, dann wandte ich mich um und machte mich auf den Weg.

Mein Herz klopfte vor Aufregung bis zum Hals. Ich passierte die Weinsteige und schaute auf die unter mir liegende Stadt, die in diesem Augenblick leuchtete wie ein Vergnügungspark. Hier ein strahlendes Riesenrad, dort die blinkenden Lichter einer Achterbahn. Oh ja, in dieser Achterbahn befand ich mich. In der Achterbahn meines Lebens. Ich startete ganz unten und ließ mich Zahnrad um Zahnrad nach oben tragen. Ich genoss die grandiose Sicht auf den Platz, eine in buntes Licht getauchte Geisterbahn, streifte die bunten Autoscooter mit ihren blitzenden Stromabnehmern und der Musikkulisse, die wie ein Soundtrack meines Lebens klang. Da ging es aber schon abwärts, schnell und mit ganz viel Getöse, und alles verschwamm und verschwand und tauchte grölend und funkelnd wieder auf, wie Blitze voller Elektrizität und voller Leben.

28

Der Parkplatz an der Marina: Es ist Februar und überall, auf den Grasflächen, unter den kahlen Sträuchern, liegen noch vereinzelt Schneereste.
Ich bin noch einmal hierhergekommen, ganz in die Nähe, wo man Gerhard fand.
Wollte er mich zu Fuß besuchen?
Ist er die nicht unerhebliche Strecke vom Ratzeburger Bahnhof, über die Insel, bis hierher gewandert?
Ohne Gepäck?
Das klingt alles nicht glaubhaft, wo er doch so ein leidenschaftlicher Autofahrer war, der niemals einen so langen Weg zu Fuß zurückgelegt hätte. Oder vielleicht doch? Der Mensch ist in der Lage, sich zu verändern.
Jedenfalls entdecke ich auf diesem Parkplatz kein Auto mit süddeutschem Kennzeichen. Nach so langer Zeit hätte man das Fahrzeug auch sicherlich schon abgeschleppt. Sein Bruder hätte mir gegenüber bestimmt etwas Derartiges erwähnt!
Vielleicht ist er tatsächlich mit dem Zug angereist, nur mit einer Zahnbürste bewaffnet, und hatte sich, wie schon oft, in der Entfernung verschätzt. Dass es vom

Bahnhof bis zu uns nach Hause acht Kilometer sind, damit hatte er bestimmt nicht gerechnet...Er war erschöpft bis zu dieser Bank gekommen. Vermutlich wollte er nur einen Moment ausruhen, Kräfte sammeln und dann den Weg fortsetzen.

Ich gehe zu der Bank und setze mich. 64 Jahre währte Gerhards Leben. Er wurde genauso alt wie mein Vater, den ich einmal fragte – da muss er Mitte Fünfzig gewesen sein – wie lang ihm sein Leben bislang vorgekommen sei. Anstatt mir zu antworten, griff er mit der Hand in die Sandkiste, die sich im Hof unseres Hauses in Lübeck befand, und verrieb eine kleine Menge Sand auf seiner Handfläche. Dann pustete er heftig in die Sandkörner, die sich, fein und zart, sogleich in Luft auflösten.